穏やか貴族の休暇のすすめ。

A MILD NOBLE'S VACATION SUGGESTION

18

著
岬

TOブックス

もくじ

穏やか貴族の休暇のすすめ。

A MILD NOBLE'S VACATION SUGGESTION

18

CONTENTS

イラスト：さんど
デザイン：TOブックスデザイン室

A MILD NOBLE'S
VACATION SUGGESTION

CHARACTERS

人物紹介

リゼル

とある国王に仕える貴族だったが、何故かよく似た世界に迷い込んだ。全力で休暇を満喫中。冒険者になってみたが大抵二度見される。

ジル

冒険者最強と噂される冒険者。恐らく実際に最強。趣味は迷宮攻略。

イレヴン

元、国を脅かすレベルの盗賊団の頭。蛇の獣人。リゼルに懐いてこれでも落ち着いた。

クァト

奴隷扱いされていたが戦士として覚醒した戦奴隷。今はリゼルのもの(仮)。

ヒスイ

最高ランクのパーティに属する冒険者。友達~~募集中~~できた。

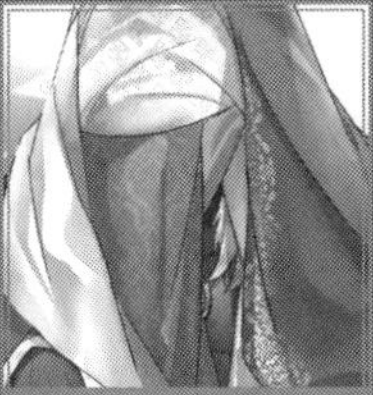

アリム

アスタルニアの王族兄弟(長男は国王)の二番目で、通称"書庫の主"。そして布の塊。

ナハス

アスタルニア魔鳥騎兵団の副隊長。最近はパートナーとの穏やかな日常を送る日々。少し物足りなさを感じる自分に抵抗中。

リゼル(兎)

もひもひもひもひ。

181.

海賊船の出現による興奮が冷めやらぬ翌日、その昼下がり。

リゼルは一人、のんびりと冒険者ギルドを訪れていた。

「お早い情報提供ありがとうございまぁす」

「一生懸命頼まれたので」

可笑《おか》しげに微笑むリゼルに、職員は完璧に作り上げた接客スマイルのまま一瞬固まった。

先日、見事に海賊たちの悲願を果たして帰還したリゼルたちを出迎えたのは、大歓迎のギルド職員シスターズ。あの段階ではどの冒険者によって海賊船が消えたのかも定かでないはずなのに、彼女たちは真っ先にリゼルたちに駆け寄ったかと思えば、深夜の飲み屋もかくやという盛り上がりを見せていた。

具体的にいえば、囲まれてひたすら称賛を浴びせられた。

およそ冒険者に向けるものではない称賛もあったが、ジルが露骨に嫌そうな顔をする横でリゼルとイレヴンは素直にそれらを受け取った。

ちなみに研究者らも数人駆け寄ってきていた。

何を聞きたかったのか大興奮だったが、姉妹たちの勢いに完全に跳ね飛ばされていたのをリゼルは密かに目撃している。見覚えのない白衣姿だったので、今度教授に本を借りに行った時にでも探してみようかと検討中だ。

「あれほど喜んでもらえるなんて思いませんでした」

「お疲れのところ大変失礼いたしましたぁ」

「いえ、嬉《うれ》しかったですよ。海賊船の踏破《とうは》はギルドにとって特別なんですか？」

「特別といいますかぁ……」

うろ、と職員の視線が流れる。

訪れる冒険者も少ない昼の冒険者ギルド。仕事にも余裕があり、他の職員たちは何人もリゼルたちの会話に耳を澄ましている。

そんな姉たちの反応を窺《うかが》い、話題的にNGではないと判断した職員が言葉を続けた。

「以前、余所《よそ》の職員にこれでもかというほど踏破自慢されましてぇ」

「職員が冒険者の自慢をするんですか？」

「いえ、その……俺が育てたと、そういった系統のぉ」

「ああ」

リゼルは納得して頷《うなず》いた。

職員がこれほど言いよどむということは、発言者は冗談でもなく自分本位な自慢話を披露《ひろう》したのだろう。その程度ならば笑って躱《かわ》せそうな職員たちなので、それに加えて的外れな説教でもされたか、それとも優秀をはき違えた相手に身内を扱《こ》き下《お》ろされたのか。

よほど嫌味な言い方をされたか、あるいは今も度々されているのかもしれない。

「皆様には申し訳ないですが、これで何を聞いても内心で大笑いして流せるなと……」

「流すだけで良《い》いんですか？」

「え？」

笑みのまま不思議そうに顔を上げた職員に、リゼルはなんてことなさそうに告げる。

「一刀のパーティはうちが育てた、そう言ってもらっても頷いてあげられますよ」

「……お気持ちだけ大変有難《ありがた》く頂戴《ちょうだい》いたしまぁす！」

満面の笑みで遠慮されてしまった。

世話になっているのだから面子《めんつ》争いのネタにくらい使ってもらって良いのに。そう思ったが、確かに同じことをやり返してばかりは芸もなければ品もない。

彼女たちならば、リゼルが何を配慮せずとも上手くやるだろう。

そう考えながら、リゼルは先日思い浮かべたばかりのスタッドを思い出していた。

スタッドも何だかんだ上手く流す職員だ。流すというより、職務に関係のない嫌味に一切関心を示さないといったほうが正しいか。

なにせ、相手が喋《しゃべ》っている最中だろうが普通に立ち去るのだから。

「それで本日の情報提供ですが、魔物と迷宮内の地図について伺いたいと思いましてぇ」

「はい」

「もちろん可能な限りで結構ですのでぇ」

恒例の文言《もんごん》を添えたというより、敢《あ》えてそこを強調するような言い方だった。

過去の海賊船の情報提供で何かあったのだろうか、とリゼルは問いかける。

「可能な限り、というと」

「あ、そこはですねぇ、冒険者ギルドに伝わる噂話といいますか」

「噂、ですか？」

「何せうちから踏破者が出たことがないもので確証はなく……ただ、海賊船については踏破者が敢えて口を噤《つぐ》む情報がある、という噂がどこのギルドにもございましてぇ」

リゼルは感心したように一度だけ目を瞬《またた》かせた。

確かに、酷《ひど》く特殊な迷宮だった。昨晩に老輩《ろうはい》から齎《もたら》された衝撃の事実を思うに、踏破までの流れは誰がいつ潜ろうが、然《さ》して変わらない仕組みが固定して存在しているのだろう。

勿論《もちろん》これが正解という攻略法がある訳ではない。

よって例えば、船長に会わずにボスと邂逅《かいこう》して勝利したパーティもいるはずだ。

それでも、知っていれば随分と有利になる。そういった情報が多々ある迷宮だっただろう。

だが、それがジルやイレヴンの耳にすら入っていない。それは確かに、かつての踏破者が意図的に情報を秘匿《ひとく》している証拠に外ならない。

「とはいえ、そもそも情報が集まりにくい迷宮なのでぇ。毎度同じ国に出てくれる訳ではないですし、実際に前回も前々回もサルスには現れなかったので、少しでも情報をいただければそれだけで有難いです」

「他の冒険者の方からも情報提供があるんですよね」

「ええ、昨日はそれに追われておりましたぁ」

情報提供は冒険者にとって、いい小遣い稼ぎだ。

既存の迷宮で新規の情報というのは、今やほとんど存在しない。よって今回、イレギュラーな迷宮が現れたことで、誰もが情報提供料をもぎ取ろうと奮起したようだ。

ああいう魔物がいた、こういう魔物がいた。どういう行動をして、こういう異能を持っていた。はたまた見たことのない罠《わな》に嵌《は》まった、その罠からこうして脱出したなど。

これまでの積み重ねもあるので、全ての情報に価値がつく訳ではないのだろうが。

「皆さんイカ?……を片手にいらっしゃったのは驚きましたがぁ」

「あ、失礼しました」

「いえいえいえ大変貴重な経験になりましたぁ」

リゼルは安堵《あんど》した。

何を隠そう、そのイカ(?)を提供したのがリゼルパーティだからだ。

言うまでもなくボスの切り身。大人が両手を回してようやく抱えきれるようなゲソの先っぽ。ボス討伐《とうばつ》に協力してくれた冒険者たちに何か礼を、そう考えたリゼルがご馳走《ちそう》しようと考えたものこそ、見た目だけはイカであるボスの足だった。

ちなみに他国の冒険者には、今度会うことがあれば一杯奢《おご》るよと伝声管で伝えている。

とはいえ、果たしてジルとイレヴンを引き連れたリゼル相手に「あの時の貸しで奢ってくれ」と面と向かって言える者がいるのかは謎だろう。

その証拠に、大抵の冒険者はそれを冗談と受け取って笑っていた。

「素材として持ち帰れるかは賭《か》けだったんですけど、何とかなりました」

「冒険者の皆さんは、よく迷宮の魔物に対してそうおっしゃいますよねぇ」

素材判定されている箇所以外を持ち帰ろうとすると消える、それこそが迷宮仕様。

リゼルも半ば駄目元でゲソを切り取ったのだが、予想に反して運よくセーフだった。

空気を読んでもらえたのか、元々そういう仕様だったのかは分からない。だが見事に魔力となって消えることなく持ち帰ることに成功した。

「冒険者さんたち、喜んでくれてましたか？」

「勿論です。最初は無言で巨大ゲソを眺めておりましたが、ひとまず焼いて食べようと動き出してからは早かったですよぉ。ご近所の酒場に持ち込んで焼かせる、勝手にお酒を持ち出してくる、問答無用で料理人を引っ張ってきて捌《さば》かせる等、昨夜は桟橋の近辺がイカパーティーで大盛り上がりでしたぁ」

ご近所の酒場にそれなりの影響があったことは分かった。

とはいえイカパーティーは、冒険者や近所の住民が入り乱れての大盛り上がりだったという。そもそも冒険者だけで食べきれる量ではないので当然だ。

酒場からは途切れぬ客に嬉しい悲鳴が上がったと思えば、悪いばかりの影響ではなかったのだろう。つまりは無礼講、リゼルはそう考えることにした。

「ただ、味は普通でしたよね」

「私もご馳走になりましたが美味しかったですよぉ。何故かタコ疑惑もありましたが」

「なんていうんでしょう。美味しいんですけど魔物肉的な美味しさとは……」

「確かに、敷居の高いレストランで出される魔物肉は格別だっていいますねぇ」

感心したように告げる職員に、そういうものなのかとリゼルは首を傾ける。

魔物肉の全てが全て、他の追随《ついずい》を許さぬ美味しさを持つとはいわない。なにせジルが野営の時に狩ってくるのも魔物肉、それも焼いて塩を振っただけで十分に美味しいが美食の域には至らない。

だがリゼルがこれまでに口にした魔物肉、とりわけきちんと調理されたものは別格だった。

「もしかしたら特別な調理法があるのかもしれませんね」

「特別と申しますと？」

「アスタルニアでは、鎧王鮫《オリハルコンシャーク》っていう魔物の捌き方が漁師に伝わってました」

「漁師に、っていうのも不思議な気もしますがぁ」

「いえ、あれは冒険者じゃ無理ですよ。魚の専門家じゃないと」

「ぜひ見てみたいところですが、サルスでは無理そうですねぇ」

穏やかな昼下がり、両者共に雑談を交わすような雰囲気で言葉を交わす。

これで職員が鎧王鮫のことを知っていればこんな空気を保ってはいられなかっただろうが、アスタルニアの迷宮固有種だったお陰でそうならずに済んだ。流石《さすが》のギルド職員も他国にしかいない魔物のことなど把握《はあく》していない。

「インサイさん、ああ、知人の商人なんですけど、彼にご馳走になった魔物料理も特別美味しかったですよ」

「調理法が出回れば、私たちも家で美味しく食べられるかもしれませんねぇ」

「とはいえ技術は職人の財産ですし」

「出回りませんよねぇ。そもそも魔物肉の確保にコストがかかりますし」

今すごい名前が出なかったかと、職員の後ろを通りがかった姉の一人が二度見する。

商業ギルドに恋人を持つ彼女は、何度かその名を耳にしていた。曰《いわ》く、ここいら一帯の物流を牛《ぎゅう》耳《じ》るすっごい爺《じい》さんがいるのだと。

それが確か、リゼルが口にしたインサイという名ではなかったか。

彼女は途方に暮れながらも、何も知らずリゼルと微笑ましげにトークを交わす妹へと称賛を送った。無知は時に己の身を守るものだ、しみじみとそれを実感しながら去っていく。

「あのイカも、アスタルニアに持ち込めばもっと美味しくなったかもしれないですね」

「イ、カを持ち帰ろうという冒険者が過去にいれば、そうですねぇ……」

「強制退去が早かったので、足先を持ち帰るので精一杯でした」

「あ、ということはボス素材もなかった……ということでしょうかぁ？」

姉の感慨も露《つゆ》知《し》らず、職員は少しばかり控えめに問いかけた。

情報を出し惜しむ冒険者などいないが、それでも情報提供は義務ではない。何をどう提供するのかは冒険者に一任されているので、望まぬ情報を引き出してしまったかもしれないと慎重になっているのだ。

それを察して、リゼルも気にしていないと言うように優しく告げる。

「いえ、他にもありましたよ。倒したらイカの船部分から宝箱が転がり出てきて」

「イカの船部分から⁉︎」

職員はボスの姿を〝でかいイカもどき〟としか聞いていなかった。

「ボスの見た目が船とイカのミックスだったんです」

「そんなサルス犬とパルテダ犬のミックスみたいに言われましてもぉ……」

「その宝箱から瓶《びん》詰のイカ墨《すみ》が三つと、イカの目玉が二つ出てきました」

「イカ墨と目玉が……」

リゼルがポーチの中からそれらを取り出し、ギルドの机の上に並べる。

一つはまるで高級なオリーブオイルを入れるような瓶。

ただし中身は黒く、イレヴンが匂いを嗅《か》いでイカ墨だと断定済み。一人一瓶で分けたので、リゼルが取り出したのは一瓶のみだ。

もう一つは硬質なイカの目玉。というより、イカの目の水晶体が魔石《ませき》化したもの。

黒くて丸い水晶体は、それだけでは目玉らしい不気味さがないのが救いか。これが何故目玉だと分かったのかというと、宝箱の中で眼球を模したクッションに包まれていたからだ。

こちらは二つともリゼルが預かっている。

なんか持っていたくない、という意見がジルたちから出たからだ。

「この目玉、触るとちょっと柔らかいんですよ。多分腐りはしないと思うんですけど」

「おぁぁ……さ、触り心地……」

「宿のお婆様《ばあ》に聞いたら、イカ墨は食用にもなるみたいです」

「いかにも最高級ですし、然《しか》るべきところに売れば高値がつきそうですねぇ……」

営業スマイルを崩し、真顔でボスの目玉ミニチュアをつつく職員にリゼルは微笑ましげだ。

魔石の細かい性質までは分からないが、今度ジャッジにでも聞いてみれば良いだろう。

その時に、イカ墨をプレゼントしても良いかもしれない。彼ならばそれを使って、至高の一皿を作り上げてくれるはずだ。

「ただ、踏破報酬はなかったです」

「それは少し残念でしたねぇ」

「いえ、面白い経験がたくさんできたので」

「その経験っていうのはぁ……」

過去の冒険者が口を噤んできた秘密が分かるのでは、と職員の完璧な笑みに少しばかりの素が交じる。それはまるで、未知の冒険に心躍らせる子供のような笑みだった。

マルケイドの彼女しかり、アスタルニアの彼しかり、やはりギルド職員というのはこういった冒険の一端に心惹《ひ》かれてしまうものなのだろう。スタッドは例外だ。

「そうですね」

期待にわずかに輝いた目を見つめ、リゼルはそれを口にした。

「秘密です」

「や……っぱり、ですかぁ？」

辛うじて笑みを保った、そんな残念そうな職員の姿にリゼルは苦笑する。

先人に倣《なら》った、という訳ではない。ただ、先人の気持ちは酷く理解できた。

確かに毎度同じ攻略法が通用するならば、先人の情報により踏破は容易になるだろう。

当然、相応の実力は求められるそれは大前提。だが逆に言えば、実力さえクリアしているのなら誰もが踏破に手が届く。手本をそのままなぞればいいだけなのだから。

けれど、それではつまらない。

「やっぱりロマンは大事なので」

「ロマンですかぁ」

「それに、自分たちなりの攻略が一番楽しいと思います」

やや言い訳じみた。

それに気づかず曖昧《あいまい》に頷く職員に、リゼルは改めて微笑んでみせる。

「ただ、地図については提供できますよ」

「ぜひお願いいたしまぁす！」

そして職員は、一階層から順に事細かに描かれていく地図に笑顔を消した。

隠し通路などを除いた地図、そして船内をうろつく魔物の情報をリゼルは提供した。

とはいえ魔物については既存の情報に付け足す程度であり、その補足も僅《わず》かなもの。連綿《れんめん》と綴《つづ》られてきた魔物図鑑の情報量は流石の一言だ。

リゼルはスケルトンの衣装パターンも提供しようとしたが、それほどページを割けないという理由で断られた。魔物研究家には喜ばれそうなのだが、残念ながら冒険者からの需要はないようだ。

「(確かに、スケルトンは他と比べてもページ数が多いし)」

リゼルは情報提供の後、ギルドでのんびりと魔物図鑑のページを捲《めく》っていた。

相変わらず時間がある時に順に目を通している魔物図鑑だが、サルスのものは内容がやや詳細ということもあり冊数も多い。読み手の大半が冒険者ということもあり、詳細であればあるほど需要と供給が釣り合わなくなるという矛盾はあるが。

だがリゼルは、詳細であることを喜びこそすれ残念に思わない。使用武器ごとにページを与えられているスケルトンの情報も、他国のものと比較しながら楽しく読んでいた。

その最中、一人の冒険者がギルドに姿を現す。

「……おう、助教授さん。昨日はご馳走さん」

「全部食べきれましたか?」

「深夜前にはなくなってたよ」

冒険者装備も身につけず、いかにもくたびれた様子の冒険者に声をかけられる。

腫《は》れぼったい瞼《まぶた》に、眠たそうに零《こぼ》される大欠伸《あくび》。言葉どおりに昨日は深夜まで、あるいは深夜を過ぎても続いた酒盛りに、今になってようやく活動を始めた二日酔い患者だろう。

暇つぶしにぶらついて、ついでに依頼でも覗《のぞ》いていくかとギルドに立ち寄ったようだ。

「……情報提供終わってんのか」

「はい、ついさっき」

「あー……なんか残ってねぇかな……」

ぶつくさ言いながら受付へ向かう冒険者に、リゼルも読書へと戻る。

情報提供で小遣い稼ぎ、どうやらそういう思惑もあったようだ。リゼルとて船内の隅々まで歩いた訳ではないので、まだまだ加えるべき情報は残っているだろう。

リゼルもまた、過去の冒険者によって作られた地図や、抜け目なく昨日中に持ち込まれた情報に足していったのだから。

あらゆるパーティから持ち込まれた断片的な地図を、整理して繋《つな》ぎ合わせて補足して。

そうして整えた地図は職員に非常に感謝された。

「(俺たちじゃ気づかなかった道もあったな)」

視線で文字を追いながら思案する。

あんな道をどうやって見つけたのだろう。そう気になる箇所もあったが、答え合わせに向かうことができるのは果たして何年後か。

昨晩の老輩の言葉を思うに、それはどうにも望み薄だろう。

「(ジルが潜ったことなかったっていうくらいだから……)」

そう思いかけた時だ。

「あ」

「クァト」

ひょこりとギルドに現れたクァトの声に、リゼルも読書を中断して顔を上げる。

迷わず歩み寄ってくる姿は、恐らく依頼帰りなのだろう。断言できないのは、彼が何も持たずに歩いているから。クァトはインサイという伝手《つて》を通じ、空間魔法付きの容れ物を手に入れていた。まるで散歩中のような姿だった。

ジルやイレヴン、他の冒険者たちとは違い、武器すらないのだから余計にそう見える。

リゼルはそこまで考えてふと、それは自分もだなと初めて自覚した。そして考え込む。

初見のギルドでいまだに依頼人と間違われるのは、そういった事情もあるのかもしれない。

「何？」

「いえ、何も」

不思議そうなクァトに、思考を中断して微笑んでみせた。

「依頼帰りですか？」

「違う、迷宮」

首を振ったクァトが、ふと不貞腐《ふてくさ》れたように視線を外す。

その理由を察してリゼルは苦笑した。さて、どこで話を聞きつけたのだろうか。

「海賊船……」

「タイミングが合いませんでしたね」

「船……」

「君は船が好きだから、残念ですね」

昨日は一日、宿でクァトを見なかった。

朝から、日を跨《また》いだ今の今まで何処《どこ》かの迷宮にでも潜っていたのだろう。今のクァトは冒険者活動に夢中なので、夜も徹して遊びに出ていたとは考えづらい。

どうやら、攻略しかけの迷宮に朝一で向かったために海賊船の情報を聞き逃したようだ。

肩を落とすクァトに、リゼルは慰めるように向かいの椅子を勧めた。

「うう」

脱力するようにテーブルに懐《なつ》く姿に思わず笑みが零れる。

「酔い止め、買う」

「次の機会を逃さないように？」

「ん」

向けられた旋毛《つむじ》をよしよしと撫《な》でてやった。クァトはされるがままになっている。

その後ろを、先程言葉を交わした冒険者が投げやりな足取りで通り過ぎていった。どうやら情報提供は失敗したようだ。

それを見送っていると、鈍色《にびいろ》の髪を撫でる手の下からふと、コッコッと小さな音が聞こえた。

「それは何て言ってるんですか？」

「……残念、悔しい、落ち込む、とか」

音は、クァトが舌を鳴らした音だった。

戦奴隷《ソードダンサー》の一族は、ごく最近まで昔ながらの会話方法を用いていたという。

それは舌を鳴らし、十指を使って交わされる言語。エルフ用いる生粋《きっすい》の古代言語のような力はなく、ただ会話するためのものなので、古代言語から現代語に移り変わるうちの何処かの言語なのだろう。

「また、出てた」

「馴染《なじ》みのある話し方なら自然なことですよ」

「んん……」

再会してから、ふとした瞬間にクァトはそれを鳴らすようになった。

無意識に出てしまうのが本人としては不本意らしい。なんとなく気恥ずかしいようだ。

里帰りしたら暫《しばら》くは地元の方言が後を引く、それと似たような感覚なのかもしれない。

「探せば、海賊船の絵ならあるのかも」

「絵？」

「桟橋の近くで何人か絵描きの方を見た気がするので」

海賊船に一番近い桟橋、その近くにイーゼルを構えた姿があったような気がする。

専業画家なのか、趣味の絵描きか。あるいはどちらも、恐らくこぞってやってきたはずだ。

湖に浮かぶ海賊船など絶好のモチーフだろう。恐らくリゼルの見間違いということはないだろうし、見間違いだとしても必ずどこかに画家という存在がいたはずだ。

「探す」

「見つかるといいですね」

「ん」

「あ、俺もご一緒していいですか？」

「一緒に、行く」

一日限りの迷宮の姿、もし気に入るものがあれば買い取るのも良いかもしれない。

そう考えて同行を提案したリゼルに、クァトが伏せていた頭を機嫌よく持ち上げた。

リゼルは可笑しそうに笑い、さて何処から探せばいいだろうかと思案する。あらゆる職人の集う北都、いや、絵描きのアトリエは見たことがないので南都のほうが良いかもしれない。

「行く？」

「ギルドの用事はいいんですか？」

「んん、依頼、見にきただけ。……海賊船も」

地図や魔物の情報だけでも、と考えたのだろう。

クァトは里帰りを経て、最低限の読み書き計算を立派に身につけて帰ってきていた。

戦奴隷の集落では数少ない、唯人《ただびと》の祖父から教えてもらったという。おかげで依頼を選ぶのにも困らなくなった。

そもそも、読み書きが苦手な冒険者など珍しいものではないのだ。

苦手でも不都合は少ない。メンバー募集の声はそこらへんにあるし、パーティを組んでいるなら得意な仲間に読んでもらえばいい。ソロだろうが、職員に「こんな依頼ある?」と声をかければ紹介もしてもらえる。

「依頼、見ていきますか?」

「見る。いい?」

「いいですよ、どんな依頼にするんですか?」

「外の、討伐。……あと、四人の」

「はい、いいのがあれば一緒に行きましょうか」

二人は依頼ボードの前に立ち、ああでもないこうでもないと依頼を捜す。

クァトは最近、迷宮ではない討伐依頼に嵌まっているようだ。迷宮ではどうしても立ち回りを制限されるが、広々とした迷宮外では思いきり戦えるからだろう。

虱《しらみ》潰しに獲物を探し、平原に罠を仕掛け、森に誘い込み、戦闘面以外の技術が求められるのも楽しいらしい。

更には、直接依頼人と顔を合わせることも多い。

クァトも人懐っこい性格はしているが、黙っていると無機質な印象があるために取っつきにくいと見られがち。また交渉事もまだまだ経験不足で、苦手克服に余念がないようだ。

いいことだ、とリゼルは頷く。ジルやイレヴンなど、微塵《みじん》も動こうとせずに丸投げしてくるのだから。

「だいぶ依頼の数が少ないですね」

「あんまり、いいの、ない」

「クァトにとっていい依頼っていうのはどういうのですか？」

「ランクが一個上、迷宮、魔物、報酬」

リゼルよりも余程しっかりとした依頼の選び方をしている。

「あと、依頼人」

「ですよね」

付け加えられた一言にやや影響が滲《にじ》んでいたが。

とはいえ他の冒険者からも色々と学んでいるのだろう。リゼルは伸び盛りの相手に負けていられないなと決意を新たにしつつ、いい依頼がなさそうなら絵画探しにでも行こうかと誘おうとした。

その時だ。

「あ」

ふと、クァトが一枚の依頼用紙に手を伸ばす。

「受けたいの、見つけました？」

「違う、けど、見たことある……見覚えが、ある？」

「あ、魔法学院からの依頼ですね。依頼人の方、クァトの知り合いですか？」

「そういうのは、違う。学院、あんまり、行ったことない」

ただ魔法学院という名前が目に留まっただけなのだろう。

だが依頼自体はそれなりに興味を惹かれるものらしく、真剣な顔で依頼内容に目を通している。

まだ少し読み書きの苦手らしいクァトが目を通し終えるまで待ってから、リゼルは口を開いた。

「支配者さんの下についていた時は何処にいたんですか？」

「国の、外」

「ん、成程」

確かに、生きた魔物を用いた研究を国内ではできないだろう。

支配者は湖の外にも研究所を持っていたらしい。恐らく今は閉鎖されているだろうが。

「依頼、どうでした？」

「んん、なかなか。魔物素材の、サンプル採取」

「こういうのは出入りの商人から買えないですしね」

リゼルはクァトと共に顔を合わせた老紳士のことを思い出す。

彼も、自らの商会が取り扱う商品を魔法学院に卸《おろ》していると言っていた。

だが、魔物素材を取り扱うには冒険者の協力が必須だ。だが冒険者と直接素材のやり取りをしようとすれば、冒険者ギルドとの衝突は免《まぬが》れないだろう。

どれほど大手の商会だろうが、手を出すにはリスクが高すぎる。

とはいえ魔法学院を出入りする商人は多そうだ。掘り出し物的に魔物素材を扱う商人がいないとも言い切れないが、冒険者ギルドも魔物素材を独占している訳ではないのでそれは気にしない。

「商人、学院で、露店する？」

「いえ、研究室を一つ一つ訪ねるんだと思いますよ」

リゼルは可笑しそうに笑い、そして。

「君の依頼みたいに良いサンプルがあるけどどうですか、って」

ふいに言葉を切った。

不思議そうな視線がクァトから向けられる。だがリゼルは思案するように視線を流し、片手を向けることで彼の質問を制した。

少しの間、沈黙が落ちる。

それは受付の中にいるギルド職員たちが違和感を抱かない程度の微かな時間だった。

考えに沈み込むように伏せられていたリゼルの瞳が、一度だけ瞬いてふとクァトを映す。

「君の予定、俺が貰《もら》っても?」

「いい」

依頼にも海賊船にも。微塵の未練も見せずにクァトが当たり前のように頷く。

それに対し、リゼルは褒めるように目元を緩めながらギルドを出るため歩き出した。

182.

リゼルの敬愛する王には兄がいる。

かつて王位継承権第一位であった彼は、弟が王位を継いだことを〝己の運の良さ〟だと言った。

王位を継ぐことを憂《うれ》いたことなどない。継いだとしても十分に公務をこなせただろう。けれど彼はそれ以上に、魔術研究への並外れた執着と才を秘めていた。前者については秘めきれず、度々だだ漏《も》れてはいたが。

だからこそ彼は、弟の王としての資質を知るや否や継承権を放棄した。

周囲の期待を裏切り、負うべき責任を投げ捨て、それら全てを幼い弟へと押しつける覚悟を決め、歓喜と狂喜で震える体で父の元へと向かった。

衝動は濁流となり、溢《あふ》れ、己の理性をも呑《の》み込んで国王である父の元へと歩を急がせたのだ。

結果として、継承権の放棄を告げた途端に父にぶん殴《なぐ》られたのだが。

『そう、そういう魔物使いがいるの』

そんな彼に、リゼルは異形の支配者のことを伝えたことがある。

女性的な口調に反して、仕草は何処までも紳士的。継承権を放棄しようが、いまだ王族然とした風格がある。

彼は低く落ち着いた声で、旧友との穏やかな時間を楽しむようにそう告げた。

サルスに来て、不定期ながらも現れるようになった窓。それは国王との近況報告、あるいは情報交換、もといプライベート全開雑談のために主に用いられるが、そこには度々かの王兄が顔を出すことがあった。

体調に異変がないかの近況報告、あるいは世界同士を繋げるための情報交換、もとい趣味全開魔法技術トークのため主に用いられている。

似た者兄弟、というのはリゼルが常々思っていることだ。

「気になりますか？」

『そうね』

リゼルがそう尋ねた時、王兄は特に感慨もなくそう告げた。

言葉に反し、強い興味を抱いたようには見えなかった。

あったのは手慣れたような値踏《ねぶ》みの色。うっそりとした笑みを浮かべた瞳に宿る色は、継承権を放棄しようが何処までも王族らしいものであった。

それは、魔術研究の道を行きたいのなら成果を以《もっ》て周りを納得させろと。

そう実の父に設けられた二年という期限の間に、公務と並行しながらも莫大《ばくだい》な国益を挙げてみせた真の天才の姿でもあった。

「ああ、それなら」

だからこそ、リゼルは思いつきで告げてしまった。

他を圧倒する才を前に、そんな彼と懇意《こんい》であるという安心感と信頼感が故に、戯《たわむ》れでそれを口にした。

「支配者さんに窓の研究を一部、横流ししてみても面白そうですね」

『あら、私だけじゃ足りないかしら』

「いいえ、お二人の共同研究をただ見たくて」

王兄が上品に笑う。リゼルもまた、可笑しそうに頬を緩めた。

昼下がりのティータイムのように和やかな雰囲気に包まれながら、しかし王兄は告げる。

仕方なさそうに、悪戯《いたずら》した子供を窘《たしな》めるように優しく言葉で紡《つむ》いだ。

『リゼルちゃん、随分甘えん坊になっちゃったのね』

リゼルは一度だけ目を瞬かせた。

そして自らの失言を辿《たど》る。確かに、貴族時代よりは他者の力を借りることに慣れただろう。

あちらでは誰かを頼るというよりも、業務的に役割配分を行っているだけだった。

あれはあちらに任せて、これはこちらに任せて。そこには情も私情もなく、ただ適した仕事を割り振っているに過ぎなかった。

それを思えば、頼ることに躊躇《ちゅうちょ》がなくなったのかもしれない。

あるいは人を選んで場を選んで、そうしてようやく頼ることのできる環境から解放されて、少しばかり羽目を外してしまっているのかもしれない。

だが、彼が言いたいのはそういうことではないのだろう。

「そうですか？」

『そうよ』

リゼルは言葉の続きを待った。

『私だったら気づくわ』

言葉少なめにそう告げる王兄に、リゼルもようやく悟った。

どれほど大元の研究を隠そうが、一部でも与えられれば目の前の天才たちは気づく。いずれ独力で、研究の本筋に辿り着いてみせるだろう。

するとどうなるのか。

自らの住む世界と、ほとんど変わらない別世界が存在することを知った天才たちは。

『気づいたら、〝使い尽くす〟わよ』

魔法、魔術、それらの研究者たちは理想のオケージョンだと歓喜する。

悪意なく、悪びれず、彼らは自らの実験に利用するだろう。

発見を公にさえしなければ、非人道的だと咎《とが》める人間もいない。あらゆる生物を検体とし、あらゆる環境を踏み台とし、それらが齎す影響をリアルにシミュレーションできる絶好の空間だ。

「貴方も？」

『まさか。リゼルちゃんがお世話になっているもの、そんなことしないわ』

「けれど、やる方がいる？」

『そう。だって、実感がないもの』

窓の向こう側で、王兄が優美な仕草で頬杖をついた。

『これ、今はこうして窓の形をとっているでしょう？』

「敢《あ》えてこうしているんですよね」

『そう、ガラス一枚隔《へだ》てて確かに存在する世界。認知での存在証明に近いわね』

リゼルは目前の窓へと手を伸ばした。

窓枠に見える世界の境目をなぞると、触れると同時に指先にひりついた感覚がある。

高濃度の魔力に魔力中毒を起こしたのだろう。目に見えるままの物質ではない。

『けれど、これが鏡だったら？』

「迷い込んだ少女は夢を見ていたにすぎませんか？」

『大人はそういうものよ。私や、その支配者とかいうのは特にね』

「現実主義者《リアリスト》ですね」

『証明できなければ存在しないのと変わらないでしょう？』

王兄はそう言って、魔術研究所の所長という職位に相応《ふさわ》しい笑みを浮かべた。

彼こそ魔術研究の最高峰、王城に併設された組織の最高責任者。

元王族故の忖度《そんたく》なのだと陰口を叩く者がいたところで、それこそが無知の証であると数多《あまた》の異才に言わしめるほどの権威。

リゼルはそれを、分不相応だと自覚しながらも誇りに思う。

『私はリゼルちゃんがいるから証明できる。けれど、彼は違う』

鏡越しに目《ま》の当たりにする世界を、支配者はどう扱うのだろう。

他者を己の探求心の糧《かて》としか思えないほどの傲慢《ごうまん》、己の研究こそが何より優先されるべきだと疑わない執着。彼は自らの研究環境が失われない限り、どれほど犠牲を出そうが些事《さじ》だと言い切るのだろう。

ならば自ずと答えは限られる。

彼は事実、地続きである隣国《マルケイド》すら蹂躙《じゅうりん》したのだ。

何をしようが罪に問われない、つまり支配者にとっては研究の手を煩《わずら》わすような雑事が起こりえない、そんな世界の存在に気づいたのなら。

『目の前に現れた絶好のサンプルを逃すような研究者がいるかしら』

「それは」

いずれ貴方もそうなるのかと、そうリゼルが問いかけようとした時だ。

『オラどけ。さっきから関係ねぇ話ばっかしやがって』

『いいじゃない、たまには私にも……ちょっと、尻で押すんじゃないわよ！』

『たまにっつってもちょいちょい喋ってんだろうが！』

敬愛する国王の乱入により、椅子を巡っての兄弟喧嘩《げんか》が勃発《ぼっぱつ》してしまった。

窓の向こう側にある椅子を巡って押し合いへし合いしている二人に、リゼルは少しの懐かしさを覚えて笑みを零す。

口にしかけた問いは、今更聞くまでもないことに過ぎなかった。

それを敢えて尋ねようなどと、やはり少しばかり甘えたになっているのかもしれない。

リゼルはそう思案するも、まぁ休暇中だから良いかと、好きにしていろという国王の命に忠実な結論を出したのだった。

そんな王兄との会話が、クァトとの会話でふと思い浮かんだ。

それからすぐにリゼルは行動を起こす。向かったのは、最近馴染みの魔法学院だ。

無論、馴染みになっているのはリゼルだけだが。ジルとイレヴンは用事がなさすぎて全く寄りつかないし、クァトも初回訪問時（魔物の骨大集合）に、もみくちゃにされて以来避けている。

それでも尚、一切の躊躇なくついてきてくれたクァトにリゼルは感謝の笑みを浮かべた。

「ふむ、あの時の」

「あれどうやったの刃ぁ出してどっから出してんの体から生えんの？」

「ちょっとだけ私の研究室行こっか……大丈夫だよぉ……怖いことしないよぉ……」

以前の騒動の際、魔法学院のほぼ全員に目撃されていたのが運の尽きか。

老若男女に囲まれて震えているクァトだったが、それでも後悔している様子はない。ならば良かったとリゼルが頷いていると、「冒険者先生」と声をかけながら数人の子供が隣に並んだ。

ギルドからここまで、リゼルは常の歩調を変えていない。

急いてはいないが立ち止まりもしない。

よって並んで歩くクァトを囲む研究員らは、器用に横歩きしながらついてきている。

「どうしました？」

「あのさぁ、あの人」

喋りかけた子供の声が止まる。

リゼルの眼差しはいつもどおり温かで、笑みは向けられたほうが安堵してしまうほど柔らかい。

歩調もせっかちな大人のほうが余程早く、一緒に散歩しているように見えるほど悠然としている。

けれど、いつもは足を止めて目線を合わせてくれる大人がそうしてくれない。

「やっぱいいや」

「あと少しなら話せますよ」

「ううん、また今度聞いて」

得意分野において、大人と対等に話してみせる子供たちは素直に引き下がった。

急いでいるらしい、と察したのだろう。リゼルはその察しに気づき、自らを見上げる幼気《いたいけ》な瞳に快く頷いてみせた。予想外に気を遣わせてしまった、という謝罪も込めて。

元の世界では特に急ぎという訳でもなく、ただ声をかけてくる相手がリゼルに足を止めさせる気がないということもあり、並んで報告を受けることも多かった。

よって他意はなくとも、少しばかり邪険にするような対応をとってしまったかもしれない。

リゼルは反省しつつ、並んで歩く子供たちの声に相槌《あいづち》を打つ。

「こっちだと別棟のほう行くの？」

「あんま奥のほうって本とかないよ」

「そうなんですか？」

幸い、賢い子供たちはリゼルの言動に不快感を抱かなかったようだ。

用事にとりかかるまでなら良いよ、というリゼルの言葉をそのまま受け取ってくれたらしい。

それもそうか、とリゼルは納得する。

子供たちの周りにいるのは、遠回しな物言いを好まない大人たちばかり。

結論までの最短の道を模索する、そんな研究者たちばかりなのだから。

「歩きながらでいいから両手両足の魔力測定だけさせてくれんか」

「なぁなぁ出してた刃物とか欠けたりしないの余ってたら欲しいんだけどお願い」

「私上手だから痛くしないよぉ……ちょっと血くれたらお菓子あげるよぉ……」

当の大人たちは、全力で自らの欲を満たそうとクァトに絡《から》み続けているが。

彼らは決してリゼルとクァトの歩みを邪魔しない。リゼルたちは何か用があって学院に来ていると察している。むしろ本人たちにしてみれば十分に気遣った結果が今だ。

だからこそこうして、少しの移動時間も無駄にしまいと詰め寄っていた。

「無理……無理……」

クァトはすっかりとその勢いに押されているが。

リゼルはまだ大丈夫そうだとひとまずフォローを挟まず、子供たちを見下ろした。

「じゃあ用事が済んだら……いえ、また今度俺が来た時にお話ししましょうか」

「うん」

「クァトは多分、次は一緒にいませんけど」

「えー」

息継ぎの間もない質疑に襲われているクァトを尻目に、リゼルと子供たちは大変穏やかだ。

そうして暫く歩くこと、およそ二分。見えてきたのは子供たちが別棟と称した建物だった。

「ご案内、有難うございました」

優しく告げたリゼルに、子供たちが素直に返事をしながら足を止める。

同時に研究者たちも、未練たらたらな声を上げながらリゼルたちを見送った。

彼らは子供たちに纏《まと》わりつかれながら、やがて各々の研究へと戻っていくのだろう。


リゼルは過去に一度だけ歩いた廊下を、再び歩く。

以前は出迎えがあり、案内があった。けれど今日はリゼルとクァトの二人きりだ。

やや冷ややかな印象の廊下を歩く内、正面に見えたのは一つの扉と一人の衛兵。衛兵は驚いたように頤《おとがい》を跳ね上げ、重苦しい靴音を響かせながらリゼルの元へと近づいてきた。

「本日は面会の予定を伺っていませんが」

「ああ、以前の」

前回、リゼルを目当ての人物に取り次いでくれた相手だった。

今日のリゼルの目的こそ異形の支配者。その警備、もしくは見張りに立つ衛兵だ。

そこでようやく、リゼルは歩みを止める。それを一瞥《いちべつ》し、クァトも一歩下がった位置で足を止めた。

場を見渡すことができ、何かあればすぐに反応できる立ち位置。クァトが意図してそうしたのかは分からないが、そうでないのなら戦奴隷の本能の凄《すさ》まじさを垣間《かいま》見た心地だった。

「面会の許可をいただけますか？」

リゼルは問いかけた。

「今から、ですか？」

「ええ、すぐに」

「申し訳ございません、事前に確認をとっていただかないと」

「失礼ですが、急用で」

「それでも私の裁量では許可を出しかねますので」

「仕事熱心ですね」

衛兵は一歩も引かない。

当然だ、リゼルは頷く。抱いた称賛も純粋なものであり、少しの皮肉も込めていない。

だが、リゼルとて急ぐべき案件だ。可能な限り決められた手順を踏みたい気持ちはあるが、それでは間に合わない可能性もゼロではない。懸念《けねん》が杞憂《きゆう》であろうが、釘を刺す必要はある。

支配者の性格を思えば、行動は早いに越したことはないだろう。

よってリゼルは躊躇《ためら》わない。己のポーチに手を差し込んだ。

「なら、これを貴方の上役《うわやく》に」

「は……」

取り出したのは、黄金の腕輪だった。

「許可を貰ってきてください」

あっさりと告げられた言葉に、衛兵は絶句した。

穏やかな相貌、柔らかな物腰、威圧的なところなど少しもない相手に気圧《けお》される。

彼は震えそうになる手を堪《こら》え、どこか茫然《ぼうぜん》と差し出された腕輪を受け取った。感じる重みは、それが本物の金の塊《かたまり》なのだと如実に伝えてくる。

腕輪は輪の一部が扁平《へんぺい》となっていた。そこに刻まれた、アスタルニア王族を象徴する紋様。

その裏側に刻まれた〝Ⅱ〟の数字は、一体何を表すのか。

衛兵が描いた予想には、ただひたすらに現実味がなかった。彼はそこから意識を逸《そ》らすように、
腕輪を両手で包み込みながら無理やり視線をリゼルへと戻す。

「どうしました?」

優しい笑みだ。

冒険者らしさのない、知性の滲んだ柔らかな笑みだ。

だがその問いかけは、上位者特有の疑問を孕《はら》んでいる。

立ち尽くす衛兵に、他に聞きたいことがあるのかと促している。

つまりは、衛兵が己の願いで即座に動き出すことが前提にあった。全ての、前提に。

冒険者が。

冒険者が国王に仕える衛兵を相手に、己の意見が通ることを当然としている。

「俺、行く?」

クァトがリゼルの後ろから問いかけた。

その声に衛兵は我に返る。無機質な鈍色は、何かを探るように己を捉《とら》えていた。

「有難うございます。けど大丈夫ですよ、なるべく穏便に許可を貰いたいので」

「ん」

一歩下がったクァトの視線は、衛兵から離れない。

何故衛兵は動かないのか。リゼルが頼んでいるのに、何故それに従おうとしないのか。

純粋に疑問を抱いた視線に、衛兵は汗の滲みかけた喉を震わせる。どうして自らが気圧されているのかも自覚できぬまま、彼は乾ききった喉でつばを飲み込んだ。

そんな衛兵を一瞥し、リゼルが用件は済んだとばかりに踵《きびす》を返す。

「コーヒーを一杯、いただきながら待ってますね」

「お、お待ちください……っ」

衛兵は引き留めるように声を上げた。

その一杯を嗜《たしな》んでいる間ならば待つ。つまり、それを過ぎたら押し通ると告げている。

「……私に、脅《おど》しに屈せと？」

「まさか。さっきも言ったとおり、なるべく穏便に事を進めたいので」

「面会許可を強請《ゆす》っておいて何を」

「俺が、貴方が望まないことを強要していますか？」

困ったように微笑まれる。

衛兵は怪訝《けげん》に思いながらもその言葉の真意を探った。

「貴方に、職務から逸脱した真似をさせていますか？」

その言葉を頭の中で反芻《はんすう》する。そこでようやく、衛兵の思考が平静を取り戻した。

確かに、リゼルの言うとおりだった。

そもそも衛兵が望む望まないの話ではないのだ。

面会許可を求める者が現れれば、上に判断を仰《あお》ぐのが役割のひとつ。当日中とは無理を言うが、それが上に話を通さない理由にはならない。例外というのは何にも存在する。

学院に所属している研究者が面会を望めば、何度だってそうして来た。

つまりは、いつもどおりの仕事だった。

「……失礼いたしました」

衛兵の肩から力が抜ける。

どうやら相手の雰囲気に呑まれていたようだと、そう自覚してからは早かった。

冷静になれば分かる。先程から、リゼルが伝えているのは一つだけだった。

「その」

「はい」

急げと、それだけ。

火急の用件ではあるが、ルールに従う意思がある。無理を通そうとも、必要な許可はとる。

無理を通すためのお膳《ぜん》立ても、全て自ら用意していると。最初からそう告げていた。

可能かどうかの問答など今更だ。すでに済んでいる話を蒸し返しているに過ぎない。

これほどの状況が整えられているなか、手続きの必要性を主張する男はさぞかし的外れであっただろう。

衛兵はそれを理解し、バツが悪そうに首元を擦《こす》る。

そうしながらも、己の脚の早さに一抹の不安を抱いて口を開いた。

「あー……二杯目のコーヒーに興味は？」

「いえ、これから頂くコーヒーは少し癖が強いので」

「……承知しました」

急がなければならない。

でなければ清廉《せいれん》で風変わりな冒険者が、真に手段を選ばず扉を開く羽目になる。

まさしく全ては己次第なのだと、そう改めて気づいた衛兵はすぐさま動き出した。

背にした扉の向こう、研究室内に立つもう一人の衛兵へと声をかけて、困惑の声を返されながらも長い廊下を駆け出す。

「腕輪は許可と一緒に貰いますね」

すれ違いざま、寄越された言葉に衛兵は了承の意を示す。

願わくば二人がゆっくりとコーヒーを味わってくれるよう、そんなことを祈りながら。


そうしてリゼルたちは今、馴染みの教授がいる研究室で寛《くつろ》いでいた。

「わははは、成程、それでここに来たのか」

「はい、許可待ちです」

「それにしても、二度目の面会にも厳密な許可が必要なのかい？」

「厳重ですよね」

「ふむ、これは……彼もついに何かやったな？　いや、一度もやらかしたことのない好奇心控えめな者など学院にはいないけれどね。わははははっ」

椅子に腰かけ、肩を揺らして笑う教授にリゼルも苦笑する。

普段から本の貸し借りにアポイントを必要としない教授は、今日もいきなり顔を出したリゼルを歓迎してくれた。とはいえ、いつにも増して歓迎されたのは、間違いなくクァトの存在があるのだろうが。

そんなクァトは教授の視線を存分に受けつつ、リゼルの隣で所在なさげに座っている。

彼は向けられた視線を避けるかのように、テーブルに積まれた本を捲っては断念していた。

簡単な読み書き計算を不断の努力でマスターしたクァトだが、本も内容が専門的になると流石に難しい。

「教授も何か？」

「いやいや、小生ほど品行方正な研究者はいないとも」

「以前の準一級指定魔道具については……」

「おや、忘れてくれなかったか」

教授がまったく悪びれずに笑った。両目に、クァトを映し続けながら。

リゼルも可笑しそうに頬を緩め、隣を向いた。

「クァト」

「ん」

鈍色の瞳が、間を置かずにリゼルを映す。

「教授が何か聞きたそうですよ」

「何？」

クァトは割とあっさりと頷いた。

外で研究者数人に囲まれていた時は腰が引けていたが、リゼルが懇意にしている相手というのが大きいのだろう。多少は気が緩んだらしく、平然と教授からの問いかけを待っている。

無機質な瞳に射抜かれ、教授は片頬を笑みに歪めた。

「素晴らしい。あれほどの強者だというのに、こうして面と向かおうと気圧される感じがない。冒険者というのは、どうにもこうにも誰も彼もが気迫に満ちているだろう？　ああ、いや、戦う人間というのは基本そういうものであり、そうでない者は意識して無害を装っているのかもしれないね」

「ジルとイレヴンはそういうところがありますね」

「だろう？」

教授の両目が笑みに撓《しな》り、そして強い好奇心と共に見開かれた。

「けれど、君は違うようだ」

彼はまるで、獲物までの距離を測る猛禽《もうきん》のようにクァトを見据える。

教授はクァトの本質を目の当たりにした一人だ。自らにとって抗いがたい脅威である魔物の大群を、机上の埃《ほこり》を払うかのように薙《な》ぎ払ったのを目に焼きつけている。

それでも尚、恐怖を感じていない。あるのは溢れんばかりの知識欲のみ。

学院の研究者たちは、何よりその欲に正直に生きている者たちばかりだ。

生存本能が薄いともいう。ちなみにこれはイレヴンの談。

「さて、何から聞こうか」

教授は足を組み、肘《ひじ》をつきながら告げる。

その顔は既に、いかにも子供に物を教えるのが上手そうな、そんな親しみのある笑みに戻っていた。

「前は何も聞けないまま姿を消したからね。聞きたいことは湖ほどあるんだ」

「勢い、凄《すご》かった」

「わははっ、勇み足だったのは認めよう」

胡乱《うろん》な目をするクァトとは裏腹に、教授からは朗《ほが》らかな笑い声が上がる。

骨格標本襲撃事件では、探求心溢れる面々にクァトはもみくちゃにされていた。

その際は騒動が国にバレないよう、バレたとしても可能な限り事態を小さく見せられるよう、必要に駆られた研究者たちが渋々と事後処理に入った隙《すき》を見て逃げている。

その時は、リゼルもクァトに抱えられるようにその場を後にしたものだ。

「でも、多分、無駄」

「うん？」

「知らない。体の……理由、んん、仕組み？」

「自らの体から刃物を生み出せるのが何故か分からない、ということかい？」

「ん」

頷くクァトに、教授は感心したように口元を押さえながらも思索に耽《ふけ》る。

黙り込んでしまった姿を、クァトが気にする様子はない。

リゼルも時折同じように考え込むし、ジルは元々の口数からして少ない。イレヴンなど話している途中でどこかに行くこともある。

そんな三人に囲まれたクァトは、会話ペースを相手に任せることに慣れていた。

「クァトは知りたくないですか？」

「別に」

問いかけるリゼルに、クァトは興味なさげに首を振る。

彼にとっては、生まれた時から当たり前にあったものだ。それを敢えて調べたいと思うほど、頭で考えなければ動けないタイプでもなければ好奇心旺盛《おうせい》な質《たち》でもない。

拳を使って戦う冒険者が、掌《てのひら》の仕組みを気にしないのと同じことだろう。

リゼルがそう納得していると、ふいにクァトが扉のほうを見た。

「失礼しまぁす」

食器の擦《す》れる音が聞こえると同時に、扉が開いた。

現れたのは、コーヒーを携えた子供が一人。最近、空間魔法使いだと判明した少年だった。

彼は照れ隠しのように、少しばかり不遜《ふそん》な声色で入室を告げる。

肩で扉を押さえ、コーヒーの載るトレーのバランスをとろうとする少年に、歩み寄ったリゼルは促すように扉を支えた。

「どうぞ」

「あ、りがとう」

少年は唇を尖《とが》らせながら、研究室に足を踏み入れた。

時を同じくして教授がクァトに質問を始める。クァトはそれに一つ一つ律儀に答えていた。

質問をして思考に沈む、それを繰り返す教授の姿に、少年が仕方なさそうに口を開く。

「ああなると長いよ」

「未知の探求には時間がかかりますよね」

「オレも、まぁ、気になるけど」

そう告げた少年の目も、彼の師と同じくクァトを凝視している。

骨格標本襲撃事件の日には少年もいたはずだ。無数の刃を振るうクァトをどこかで見ていたのかもしれない。

「あれどうなってるんだろ」

「本人も分からないみたいですよ」

「知らないの、怖くないのかな」

「彼にしてみればただの体の一部ですからね」

覚束《おぼつか》ない手つきで、傍の机にコーヒーが置かれる。

リゼルはそれに感謝を告げながら、少年の胸元を一瞥し微笑んだ。

「君の空間魔法みたいなものです」

少年が以前、首にかけていたペンダントは見当たらない。

「怖かったですか？」

「最初だけ……今は、そうでもないけど」

「空間魔法なんていう解明しきれない魔法でも？」

「それは、でも、そういうものって思えばいいのは分かったから」

そこまで言葉にして、少年は納得がいったように頷いた。

リゼルも褒めるように目元を緩め、薄《う》っすらと湯気の立ち上るコーヒーを持ち上げる。一口味わえば、以前よりは随分と飲みやすくなっていた。

「コーヒー、淹《い》れ方を変えました？」

「うん。……不味い？」

「いえ、とても美味しいです。腕を上げましたね」

冗談めかして称賛を口にしたリゼルに、少年も満更でもなさそうだった。

彼はクァトの前にもコーヒーを置く。ミルクと砂糖をたっぷりと入れてもらったそれを、クァトは教授との質疑応答の合間を縫《ぬ》って美味しそうに飲んでいた。

「そういえば」

リゼルは優しく問いかける。

「ペンダント、役に立ちましたか？」

「あー……うん、役に立った」

「体調は崩しませんでしたか？」

「ううん、めちゃくちゃスッキリした」

「良かった。なら、心配していた質問攻めは？」

少年は少しばかりげんなりとした顔で頷く。

どうやら危惧《きぐ》していた事態に陥《おちい》ったようだ。とはいえ最も彼が不安に思っていたこと、周囲の人間に距離をとられるのでは、という不安は杞憂に済んだのだろう。

何よりだ、とリゼルは微笑ましく思いながら言葉の続きを待つ。

なかなかにデリケートな話題だ。詳細を無理に聞き出そうとは思わないし、口を噤まれても深追いはしないつもりだった。

だが既に質問攻めに遭《あ》い、微に入り細を穿《うが》ち説明させられた少年は吹っ切れたらしい。

意外にも、全く躊躇することなく言葉を続けた。

「吐い……ええと、魔力出したの、家だったんだけど」

「はい」

「すっごい魔力出て。目で見えるくらいのが、口から。すぐ魔石に吸われたけど」

「ご家族の方、びっくりしたでしょうね」

「うん、慌てたおじさんたちに学院に担ぎ込まれた。……二人共、ああなるの知ってたのに」

むず痒《がゆ》そうに消えていく語尾は、心から心配されたことへの喜び半分照れ半分か。

少年が森の空間魔法使いたちを訪ねた時は、当然ながら保護者同伴だったという。

勿論、体内の魔力を吐き出す方法も教えられていた。よって少年の伯父や伯母も、いずれ同じようなことが起こると承知していただろう。

それでも、煌《きら》めく魔力の塊を吐き出す甥《おい》の姿は衝撃的だったらしい。

「大切に思われてるんですね」

「そ……う、だと、思う、多分」

口ごもりながらも、小さく頷く姿が微笑ましい。

保護者らは大混乱のまま少年を抱え、魔法学院へ走ったという。そして。

「たまたま通りがかった天秤《てんびん》先生の魔力測定器が振りきれてあっという間にバレた」

少年はやや投げやりに話を切り上げた。

「あれ、魔石から魔力が漏れました？」

「魔石用の測定器だったから」

「ああ、成程。流石ですね、魔道具については数も種類も他の追随を許さない」

「まぁ、うん」

「ペンダントは、今は？」

「一応持ってるけど……」

少年は少しばかり後ろめたそうに、ポケットから真っ黒な魔石を取り出した。

あまり人目に晒《さら》したくないと思っているのが一目瞭然《りょうぜん》だ。リゼルは、空間魔法使いの魔力放出を吐瀉物に例えたイレヴンを思い出す。

ただの魔力なのにとリゼルは思うも、少年の気持ちも分からなくはなかった。

「嫌ならもちろん、断ってもらっていいんですけど」

彼の気持ちは尊重したい。

けれど、リゼルは敢えてそれを口にした。

「その魔石、貰うことってできますか？」

「え……、……、……やだ……」

だいぶ葛藤《かっとう》があったあたりに、少年の恩義を感じる。

リゼルは微笑ましそうに、そして納得したように頷いた。

見せるのすら戸惑いがあったのだ。譲渡ともなれば、居《い》た堪《たま》れなくて仕方ないだろう。

だが、そんな少年の様子に待ったをかける者がいた。

「君の気持ちも分かるけれどね」

クァトとの会話に熱中していた教授だ。

彼は前のめりになっていた体勢を起こし、咎めるような口調にならないよう、意図して優しく少年へと語りかける。

「それが、とても希少なものだというのは分かるね」

「……うん」

「君がそれに救われたのが、どれほど幸運な巡り合わせなのかも」

「…………うん」

少年は不貞腐れたように俯《うつむ》き、小さく頷く。

リゼルは教授を見た。そこまで無理強いするつもりはない。

嫌がると知りつつも打診したのは、魔石の返却を求めてというよりも、むしろ他者の手に渡ることを防ぐためだ。少年が魔石を手放そうとした時、彼の優先順位の一番上にリゼルを置いておきたかった。

けれど、教授はリゼルへと片眼を瞑《つむ》ってみせる。

どうやら、少年に熟慮させるべきだと判断したらしい。つまりは教育の一環だ。

「渡せってこと？」

「まさか。それは小生が口を挟むことじゃないさ」

「なら、お金払う？」

「わはは、小生が子供に金銭的価値を説くほど大人げなく見えるかい？」

「なら分かんない」

「さて、それはどうだろう。考えなさい、小生の助手は賢いよ」

その光景を、リゼルは懐かしそうに眺めていた。

魔法学院の生徒は分からないことに素直だ。分からなければ知ればいい、それをよく理解しているのだろう。子供らしく見栄を張ってしまう、そんな場面をここでは見たことがなかった。

とはいえ、勉学に関係しなければ甘えも出るのだろう。

答えを求めるようにこちらを窺う少年に、リゼルはにこりと笑ってみせた。

教授の言わんとすることは、リゼルも既に察している。

「考えて考えて、それで出した結論なら小生も何も言わないさ」

「今言ってるのに」

「そうだね。つまり？」

「……オレが、考えてない？」

「もちろん、ただ嫌だという気持ちもとても大切だ。だが小生たちは研究者、全ての可能性を潰し尽くしてこそ、真に正しい解答を得られるというものだろう？」

要は、考えさせること自体が目的だった。

魔石の価値を説いたのは、そのための材料を用意したにすぎない。

この非常に研究熱心な教授が、加えて教育熱心なのは、今までの会話からもリゼルにも伝わってきていた。面倒見の良い性分というよりは、教育もまた彼にとっては打ち込むべき〝研究〟の一環なのだろう。

「ゆっくり考えるといい。おっと、それで良いかな、冒険者先生」

「はい、勿論です」

唸《うな》り始めた少年に、教授は楽しそうに笑う。

その時、二人のやり取りをぼんやりと眺めていたクァトがリゼルを見た。

リゼルを、というよりはその手元。鈍色の視線が向けられたのは、もうすぐで空になるコーヒーカップだった。

「行く？」

「いえ」

問いかけるクァトに、リゼルは考えるように扉を見る。

「遅いですね」

「何か待っているのかい？」

「はい、許可を待ってます」

「うん？　ここで時間を潰してもう一度訪ねる、という話じゃなかったかな」

「いえ、それよりも大切な」

教授のもっともな疑問に、リゼルが可笑しそうに笑みを零した時だ。

ノックもなく扉が開く。現れたのは、長い前髪で両目を隠した一人の青年だった。

彼はリゼルを見つけると、うなじを掻《か》きながら口を開く。

「あ、どうも。お待たせしました」

青年はまるで、通い慣れた部屋を訪れたかのように気負いなく立っていた。

こんな研究者がいたかと、師弟が一瞬でも記憶を辿ったほどだった。

一方、クァトは何も言わない。ここまで一切の物音を立てない相手だろうが、リゼルから紹介されたこともあるので特に警戒はしていなかった。

「どうでした？」

「オッケーらしいです」

リゼルの問いかけに、青年は手で言葉どおりのマークを作ってみせた。

「良かった。嫌そうにしてませんでしたか？」

「や、全然ですね。『俺が嫌っつったら即やめるだろうから逆にオッケー』らしいんで」

なら良かったと、伝えられたリゼルは頬を緩めて席を立つ。

最も必要な許可がとれたのだ。コーヒーでの一服も終え、もはや待つ必要などないだろう。

もっとも、必要な許可というならばもう一人分足りないのだが。

「クァト、そろそろ」

言いかけ、歩を踏み出そうとしたリゼルは動きを止めた。

視界に捉えたのは小さな光。光をも吸い込む漆黒、幼い掌にのる魔石の内側から灯っている。

「うん？」

同時に、教授のテーブルに置かれた魔力測定器が大きく針を揺らした。

教授がそちらに気を取られた、その一瞬。

少年の手が書類の積まれた机に伸び、そこにあったペーパーナイフを握る。

銀色が煌めき、突き立てられようとしたのはリゼルだった。

「」

リゼルに逡巡《しゅんじゅん》は刹那《せつな》の時間もなかった。

そんな暇はない。扉の前にいたはずの精鋭が、今まさに少年の傍《かたわ》らに立っている。

彼はまるで握手を求めるかのように、気迫もなく幼い手首を切り落とそうとしていた。

精鋭は止められない。何を言おうと止まらない。

止められる理由が理解できない彼は、何を伝えようと己への言葉だとは取らない。

「守って」

だから、呼びかける先はクァトだ。

既に少年とリゼルの間に立ちはだかっていたクァトは、ペーパーナイフを掌で受けようとしていた動きを中断。呼びかけに応え、向かってくる少年の手首を握って止める。

直後、その手の甲で精鋭のナイフが跳ね返った。それは鋭い音を立て、折れた刃先が跳ねる。

「あ？」

あまりにも予想外だったのだろう。気の抜けたような声が精鋭の口から零れた。

だが彼はそのまま、先の欠けたナイフをクァトへと向けた。

何かを考えてのことではないだろう。流れで、とりあえず、そんな雰囲気さえ漂わせて。

しかしそれも、クァトの背から伸びた鈍色の尾に阻まれる。

「なんだ⁉　何が……ッ」

あまりにも事が一瞬で起こりすぎていて、ようやく現状に追いついた教授が声を上げる。

そんな彼が見たものは、撓る鈍色がみぞおちに直撃して吹き飛ぶ精鋭と、クァトの手をなんとか振りほどこうと暴れる教え子の姿だった。

彼はしきりに精鋭と少年を見比べ、混乱しながらも己の教え子へと駆け寄る。

「何を……ッ、いや、待ちなさい、落ち着いて、それを置きなさい」

「教授、大丈夫ですよ。彼に危険はありません」

「なんだ、何があった？　すまない、こんなことをする子じゃ……」

「分かっていますよ、大丈夫。原因も心当たりがあります、落ち着いて」

リゼルは常より一層穏やかに声をかけ続けながら歩を進める。

横目で確認した少年は、表情が抜け落ちたように呆然と、しかし体は精一杯クァトに抵抗していた。しかし己の体を壊すような暴れ方はしておらず、蹴《け》られ引っ掻かれているクァトも全く効いている様子がない。

ならば最優先すべきは。

そうリゼルが歩み寄ったのは、壁に寄りかかる精鋭だった。

「動いてくれて有難うございます」

「なんか余計でした？」

「いえ、俺が個人的に気に入ってる子なので」

「ああ、そうなんですね、了解です」

両目の見えない精鋭は、リゼルの最も理解しやすい理由にあっさりと頷いた。

リゼルにはクァトの尻尾が直撃したように見えたが、飛びのいて衝撃を殺していたのだろう。軽く腹を押さえているものの、精鋭に大したダメージはないようだった。

「このまま、もう一つお仕事を頼んでも？」

「まぁ、はい、全然どうぞ」

そうしてリゼルは、至って和やかに精鋭を送り出す。

その光景を弱々しい脚に蹴られながら眺めていたクァトは、なんとなしに思い出した。

以前にジルが、精鋭と言葉を交わしているリゼルを眺めながら「罠だらけで依頼人に問題あるタイプの地雷依頼とか楽勝なんだろうな、あいつ」と呟《つぶや》いていたことを。

成程これが地雷処理、とクァトはまた一つ賢くなった。

「冒険者先生、そろそろ何が起こってるのか聞いていいかい？」

「すみません、お待たせしました」

足早に少年へと近づくリゼルを、クァトの刃の尾が阻んだ。

それに、咄嗟《とっさ》に口を開きかけたのは教授だった。彼は怪訝そうにクァトを問いただそうとして、
しかし未だに暴れている少年を見て言葉を呑み込む。

リゼルは苦笑し、目の前で揺蕩《たゆた》う鈍色に手を滑らせた。

「クァト、そのペンダントを拾って、握り込んでください」

喜びに撓る尾をそのままに、クァトはリゼルの視線を辿る。

その先には、少年の足元に落ちているペンダントが一つ。薄ぼんやりと光を宿したままの魔石が、
無造作に床に転がっていた。

クァトは暴れる少年をいなしながら、少しばかり不気味なそれを躊躇なく拾った。

そして、隙間なく握り込む。

「あ、えっ？」

直後、少年の体から力が抜けた。

驚いた声を上げ、つまずいたようにクァトへと倒れ込む。

それをクァトが支えるのを見て、無意識に観察に回っていた教授が動き出した。

「大丈夫かい？　体に異変は？」

「はっ？　別に、こけただけだし……」

クァトの腕に支えられていた少年は、羞恥《しゅうち》を隠してぶっきらぼうに告げた。

それはまさしく転びかけた時の反応で、今の今まで続けていた凶行の余韻など微塵もない。

あまりにも不可解な現象に、教授は困惑半分考察半分で黙り込んだ。

だが、それを少年が訝《いぶか》しむより前にリゼルが動く。

「手に怪我は？」

「え？」

傍らに膝《ひざ》をつき、手を取られた少年が目を丸くする。

リゼルに触れられた手が握っていたのは、全く記憶にないペーパーナイフ。

少年は今、初めてその存在に気づいたようだった。

「君が転びかけた時、手をついた机にあったんでしょうね」

「危な……気づかなかった」

「怪我がなくてよかったです」

落ち着けるように声をかけながら、リゼルは視線だけを教授に向ける。

そして、思考に沈みかけている教授へと微笑み、小さく首を振ってみせた。

気づいた教授が、我に返ったように目を瞬かせる。

「教授は随分と驚いたみたいですけど」

「うん？　ああ、そうだよ、当然そうだ、なにせペーパーナイフをそこに置いたのは小生だからね。怪我でもさせてしまったら、君の心配性な保護者の方々に怒られてしまう！」

「別に、おじさんたちもそこまでしないし……多分」

大げさに肩を竦《すく》めてみせた教授に、少年は照れたように視線を逸らした。

リゼルも頬を緩め、少年の手からペーパーナイフを抜き取る。それを机の上に戻せば、教授が密かに肩から力を抜いたのが見えた。

「さて、何もないところで転ぶだなんて、もしやまた夜更かしでもしたのかな」

「し……てなくもないけど、でも、そんなにはしてない」

「自覚はなくとも疲れは溜まるものだ。仮眠室で寝ておいで」

「寝なくていいってば。あとちょっとで授業だし」

「冒険者先生もそう思うだろう？」

教授の問うような視線が、羽毛交じりの白髪の下から覗く。

実際に問うているのは、少年から目を離すことの是非だろう。意識なく肉体を酷使したならば休息は必須、可能であれば休ませたい、加えて詳しい事情もなるべく聴いておきたい。

だが、目の届かない場所に追いやっていいものか。その判断が欲しいのだ。

「そうですね」

リゼルは正しくそれをくみ取り、平静のままに頷いてみせる。

「立ち眩《くら》みにも見えましたし、少しだけ休んだほうがいいかもしれませんね」

「でもさぁっ」

「じゃないと俺も、心配で本が読めなくなるかも」

少しばかり揶揄《からか》うようなリゼルに、少年はなんとも言えない顔をして口を噤んだ。

大人びた少年には珍しいことに、彼は暫くいかにも不満そうな表情を浮かべていたが、やがて諦めたように肩を落とす。

よく口の回る大人二人を説得することなど不可能、そう判断したのだろう。

「……寝てくる」

「はい、おやすみなさい」

「小生の助手が冷静な判断のできる優秀な助手で喜ばしいことだ」

「大人はさぁ、これだからさぁ！」

軽い体重で、強く足を踏み鳴らしながら少年は研究室を出て行った。

その途中、狭い研究室内を泳ぐクァトの尻尾をべしんと堪能していったのは八つ当たりか、それとも気が強くなって遠慮なく発散された好奇心だろうか。

目を白黒させるクァトに、教授が声を上げて笑い、リゼルも可笑しそうに慰める。

「わははっ、すまないね、触れる時は事前に許可をとるよう後で言っておこう」

「別に、いい」

「教授、仮眠室というと」

「ああ、応接間のことでね。学院で一番いいソファがあるんだ。だが客人など滅多に来ないものだから、小生たちの絶好の昼寝場所になっていてね。そのせいで、時たま客人を案内することがあると仮眠中の誰かとかち合ったりもするんだが」

いかにも冗句《じょうく》っぽく語っているが、恐らく事実であるのだろう。

くたびれた白衣を揺らしながら笑った教授は、ふいに話を切り替えるように足を組み変えた。細い棒のような脚の先で、履き古された革靴が何から切り出せばいいかと悩むように揺れる。

「さて……まずは礼を言おう。彼を止めてくれて有難う」

リゼルは教授の手に促され、近くの椅子に腰かけた。

腰の尾をしまったクァトも、握り込んだペンダントをそのままに傍に立つ。

「お礼を貰っていいのか、悩んでしまいますね」

「うん？」

「俺たちが、原因の一端ではあると思うので」

そう告げたリゼルにも、教授は少しも胡乱な様子を見せない。

確定条件が揃うまで結論を出そうとしない、それが酷く研究者らしかった。

「どこから説明しましょう」

正確には、どこまで説明していいのか。

支配者について触れようと思うと制約が多い。だが助手を害された教授に、国の保身を理由にすべてを隠すのは憚《はばか》られる。

元の世界では幾らでも隠した。そうしなければ損害が大きすぎる場合に限って、だが。

それでも今くらい、情を理由に秘密の一端を明かしてもいいだろう。

勿論、教授を変に巻き込まないように配慮はする。国の裏事情に巻き込まれて研究の時間を失うのは、教授にとっても少年にとっても本意ではないだろう。

「この前、支配者さんに会いに行きましたよね」

「ああ、そうだね。空間魔法について確認をとってくれた時かな」

「実はそれ以前に、一度だけ彼に会ったことがあったんです」

「そうなのかい？」

リゼルはふむ、と数秒だけ考え、口を開いた。

「支配者さん、魔物だけでなく人間の支配についても研究していて」

「彼は多大な才能の代わりに倫理観と愛想をなくしたらしい」

「なりゆきで俺が支配されて」

「うん⁉」

「その支配はなんとか解けたんですけど」

「未知の魔法を解除したのか……素晴らしい！」

「支配者さん的には納得のいかない結果だったみたいで」

「彼は相当な完璧主義者だからね、失敗だと思えばそのままにはしないだろう」

教授はそこで言葉を切った。

まさか、と言いたげな目がリゼルを射抜く。

「今回のは、多分そのリベンジですね」

はく、と教授の唇が何度か開いては閉じた。

本来ならば、助手を害された事実に強い怒りを抱いてしかるべきだ。しかし、研究者として支配者に共感してしまいかねない己もいる。そのジレンマに責め立てられていた。

リゼルとしては両立していいと思うが、それを良しとするかは個人の気質によるだろう。

何を選べば楽なのか、何を選んで己を律するのか。他人が口を挟むことではなく、教授ならば何を選ぼうが倫理を外れることなどしない。

よってリゼルは彼の小さな葛藤に気づかなかったフリをして、言葉を続けた。

「支配者さん、今の環境だとあまり大きな実験はできないでしょう？」

「……そうか、成程。人の支配、それが理由で彼は正しく監視環境にあるのか。ならば、そうだろうとも。実験に使える魔力量が制限されかねない。ああ、だからか、外部の魔力を利用しようとした」

「膨大な魔力を溜め込んだ魔石、さらにはそれを持っているのが俺だと思えば」

「マーキングにも利用できる。成程、リベンジとは言いえて妙だ！」

調子を取り戻した教授に微笑み、リゼルはクァトの片手へと視線を向ける。

握り込まれたペンダント。その魔石。遠隔で利用した手腕は流石の一言だ。

「(問題は、条件が揃ったことを支配者さんがいつ知ったのか)」

以前に空間魔法について相談した時、確かに話題には出した。

だが、それだけでは知りえないことも支配者は知っているらしい。予想で進めるには、仕掛けが繊細《せんさい》で大掛かりにすぎる。

逆に、支配者が把握しかねたことについてだが。

「支配者さん、魔石は俺が持ってると思ったんでしょうね」

「それはそうだろう。あんな品、早々手放せはしない。あれだけの魔力が一つの魔石に集約している、ならばやりたくてもできなかった研究の十や二十は容易にできてしまうだろうからね」

そういうことだろう。

「支配者さんに使われたので、もうそれほど魔力は残ってませんね」

「そうだろうね。残念だ、と言ってしまっていいものかな」

「あの子が持っていたいのなら喜ばしいことですよ」

「ああ、それもそうだ」

リゼルはクァトからペンダントを受け取った。

吊られた魔石はもはや光らず、世界にインクを落としたかのように黒々としている。

「ただ、状況が変わったこともあって……何日か借りたいと思います」

「そのペンダントをかい？」

「はい。直接お願いする時間はなさそうなので、教授から伝えていただければと」

「それはいいが……このまま面会に向かうのはどうかと思うけれどね」

色々あったが、現在は支配者の面会許可待ち中。

従属魔法で狙われながらも会いにいくのかと、教授は渋い顔をしてみせた。

その顔がいかにも教師らしく、腕を組んで眉を寄せながらも心配の表情を浮かべているので、リゼルは思わず笑みを零してしまう。

「どうしましょうね」

リゼルはそのまま、隣に立つクァトを見上げた。

視線を受けたクァトは特に同意も拒否もしない。行くのなら共に行く、行かないのなら共に帰る、ただそれだけのことなのだろう。

だが――。

支配者が何をしようが問題にならない、そんな自信でもあった。

「止めておきましょうか」

「ん」

リゼルの判断に、クァトもあっさりと頷いた。

「おや、意外とあっさりだね」

「教授も止めたじゃないですか」

「それもそうだが、わざわざ急ぎ面会をとりつけたと言っていただろう？　元々、それほどの用があったと思っていたんだが」

「そうですね、その用事も残ってはいるんですけど……」

リゼルは目を伏せ、頰《ほお》に落ちた髪を耳にかけながら思案する。

本来の用件は、今となっては特に急ぐ必要もなくなった。

このまま支配者の元を訪れ、実験の成否について尋ねられるのも少しばかり興味深いが、今回は見送ったほうが良さそうだ。

何せ、当初の用事をより確定的に済ませることができそうなので。

想定よりも手間はかかるが、ここで手抜きをする気もリゼルにはない。

「最近、人に甘えるようになったと指摘されたんです」

ぽつりと呟けば、教授が意外そうに眼を見開いた。

「そうなのかい？」

「思えば、そんな気がします」

「君にとってはいい変化かな？」

「どうでしょう。褒められてはなかったみたいですけど」

苦笑する。

敢えて指摘されたことを思えば、元の世界に戻ってから苦労するという忠告か。

王兄である彼は、時に痛いほどの正論を突きつけてくる。気楽に言い返せる相手ではない点を抜きにしても、リゼルが何も言えなくなってしまうほどの正論だ。

「言いにくいことでも、相手のためになると思えば真っすぐに伝えてくれるので」

「冒険者先生は随分とその相手を信頼しているようだ」

「はい、勿論」

小さく首を傾けるように頷き、頬を綻《ほころ》ばせる姿は尊敬する師を褒められたかのようで。

初めて見る笑みに、クァトは目を瞬かせながらなんとなくリゼルの傍にしゃがんだ。間を置かず髪を撫でてくれる手はいつもどおり優しく、それに不思議と落ち着いて目を細める。

「ただ、今の俺は冒険者なので」

撫でられるのを堪能しているクァトを見下ろし、リゼルは言葉を続ける。

好きにしろと言ってくれた相手にも、後々のことを思って敢えて自らを律してくれた相手にも、どちらにも同じくらい感謝をしながら口を開いた。

「これを機に全力で甘えてみようと思います」

「それが冒険者らしいと小生は覚えていいのかな？」

言われてみればそうだなと、とリゼルは少しばかり考える。

だがリゼルの中では矛盾しなかったので撤回はせず、例外として覚えておいてもらうことにした。


その後、支配者の研究室前廊下にて。

滑り込みで駆けてきた息も絶え絶えの衛兵から、腕輪を返却されながらリゼルは告げた。

「やっぱり今日は面会を止めておきます」

「は……」

「代わりに明日、貴方が先程まで確認をとっていた方の元に伺いますね」

「は……？」

「明日の昼、十二時の鈴が鳴る頃に国王像の前で待ち合わせしましょう」

「は⁉」

そうしてリゼルとクァトは魔法学院を後にした。

183.

サルス首都にある、初代国王の彫像。

建国の際に作られたというその彫像は、台座があるゆえに見上げる必要はあるものの等身大であり、初代国王の人柄をよく表しているという。

誇張は一切なく、素材もありふれたもの。よくよく質素倹約に努めたのだろう。

この彫像の存在からも、サルスの独立が平和的なものであったことが窺える。

彫像があるのは人々の行き交う広場、時には待ち合わせ場所としても活躍しているという。

今日も例に漏れず、彫像前で人を待つ集団がひとつ。

「ごらん、あのシャトーがサルスの政治の中心だ。国王の居住でもあるが、サルスでは城というよりも議事堂としての面が強いだろうから。外観もそちらに傾いているだろう？」

蜘蛛《くも》の彫刻が目を惹く杖、それをついた老紳士が物腰柔らかな声で告げる。

「隙ありゃウンチク言いたがんのは年寄りの証拠じゃろ。若者にゃ退屈だ、なぁ？」

相貌は溌溂《はつらつ》と若々しく、しかし老獪《ろうかい》な雰囲気を纏いながらインサイが笑う。

「城行くのなんざ出禁になって以来か。久々に高価い茶でも飲ませてもらおうじゃねぇか」

老いてもなお筋骨隆々の肩を揺らし、老輩が大笑いしながらリゼルの肩を叩く。

そんな三人と共に立つリゼルは、思案するように一度だけ頷いた。

思いきり甘えてやる宣言はしたし、実際に人の手を借りることを躊躇わないようにはしてみたが、
それにしても甘え甲斐のある人選になったなと思わずにはいられない。

「お前さんそれ、出禁解けとるんか」

「追い返されなきゃ解けてんだろ」

「こういうことを平気で言うから冒険者は雇いにくい。冒険者ギルドはよくやっているよ」

このように、軽口を叩く古豪が三人。

そんな彼らを見ながら、リゼルの隣に立つイレヴンは半笑いで告げる。

「リーダー人選えげつない」

「敢えて選んだつもりもないんですけど」

手を借りるどころか、全てを任せてしまえそうな人選になったのは否めない。

だがそれも、心強くていいことだ。そう結論づけて微笑むリゼルの後ろでは。

迎えにきた国家関係者の顔色が死んでいた。

「……、……、……」

リゼルが昨日、精鋭に追加で頼んだことは一つ。

リゼルの知人の中で、大侵攻の詳細を知り、かつサルス国に物申せるような立場の、物申すのに付き合ってくれそうな人物を集めてほしいというものだった。もちろん加えて、当日の予定に空きがある相手に限るというのも。

頼まれた精鋭は、その条件をクリアする人物が複数いる事実に一瞬途方に暮れた。いねぇよ、と突っ込むどころか割といる。最後の追加条件を冗談だと思って笑えなかったのは、実際にそれで人数が絞り込めてしまうからだ。

そうして集まったのが、目の前の三翁《さんおう》であった。

「インサイさん、サルスにいたんですか？」

「いや、ジャッジんとこにな。だからさっき着いたばっかじゃぞ」

「家族水入らずのところすみません」

「いい、いい。儂《わし》もサルスにゃ言いたいことがある」

目的地へと先導している使者の顔色は死んでいる。

「精鋭さん、よくインサイさんが王都にいるって分かりましたね」

「そこの奴になんか言われたんじゃねぇの？」

イレヴンが視線を向けたのは、凛《りん》と伸びた背筋に柔和な笑みをのせた老紳士だった。

イレヴンは気に入らなそうにそれを一瞥し、リゼルへと明け透《あ　す》けに告げる。

「情報屋の頭、ここらじゃトップ」

「そういえば前に、インサイさんがそれらしいことを言ってましたね」

「本職のついでだよ。私としては、これからも話し相手になってくれると嬉しいが」

「勿論、こちらこそぜひ」

リゼルは微笑んだ。

アリムとはまた違った、文学を深く掘り下げるような本トークができる相手だ。

なるべく手放したくないし、イレヴンが何も言わないということは危険もないのだろう。

ならばリゼルが何を気にすることもない。今後も存分に本について語り合うのみだ。

一行の先頭では老紳士の裏の顔も知ってか知らないでか、使者の顔色が死んでいる。

「そういや坊主はいねぇのか」

「ジルですか？」

隻腕《せきわん》を感じさせない、強者たる歩き姿の老輩が問いかける。

彼こそ過去に国に殴り込んだ先駆者。冒険者が国に喧嘩を売る心得を聞いてみたら、ついていってやると意気込んで同行を申し出てくれた宿の主人だ。

流石は王都の女将《おかみ》の父親。彼女の面倒見の良さは父親譲りだったのだろう。

「できれば、ジルには知られたくなくて」

「怒られんのヤなんだって」

「なんだそりゃ」

老輩は大笑いし、強く己の腿《もも》を叩いた。

癖なのだろうそれは力強い音を立て、使者の肩を盛大に跳ねさせる。

「冒険者ギルドに事後報告する時、バレそうではあるんですけど」

「えー、報告いんの？」

「いらねぇよ。喧嘩すんのに許可がいんならギルドも忙しくって仕方ねぇだろ」

「彼が言っているのはそういうことではないだろうに」

「冒険者はこの爺《じじい》くらい能天気なのが丁度ええわ。派閥なんて考えもつかねぇほうが使い勝手いいじゃろ」

そうして和気藹々《あいあい》と話すリゼルたちの前で、やはり使者の顔色は死んでいた。


リゼルたちが案内されたのは、サルスの政治の中枢《ちゅうすう》だった。

サルス城の外郭《がいかく》にある一室、重厚な長机が置かれた会議室だ。

城内は全体的に、華美というよりは機能性に富んでいる。大多数が思い浮かべる城というよりは、老紳士が先程紹介したとおりの議事堂のようであった。

「この度はご足労、誠に有難うございました」

待っていたのは、酷く誠実そうな好青年だった。

ただし顔は見えない。土下座している。艶《つや》めく重厚な長机の上で土下座をしている。

「アスタルニアでは大変なご迷惑をおかけいたしました」

「いえ」

「マルケイドにつきましてもお詫《わ》びのしようもございません」

「儂に言うな」

リゼルはとりあえず老紳士を見た。

正式なサルス流の謝罪という可能性もなくはない。

「謝意は伝わるが……サルスの重鎮がするに相応しい謝罪がもっとあっただろうに」

違うようだ。

窘めるように苦笑をする老紳士と、出鼻をくじかれて呆れたインサイにそう悟る。

「俺は許してねぇけど」

「大変申し訳ございません」

「つか謝んの今更じゃねぇ?」

「おっしゃるとおりでございます」

早速、イレヴンが遊び始めた。

許していないのは本音だろうが、怒りは既に向けるべき相手で発散済み。よって、責め立てているのは完全なる趣味だろう。

とはいえ多少、これからの話し合いを見据えての牽制《けんせい》もありそうだが。

交渉上手だなとリゼルは微笑み、ひとまず一同揃って椅子に腰かけた。土下座姿と向かい合うように横一列に座ったので、彼のつむじがよく見えるのがなんとも言えない。

「生き生きしてんなぁ、悪ヘビ……で、アスタルニアってのはなんだ？」

「サルスがあちらさんに喧嘩売ったらしいっちゅうのは聞いとる」

「人聞きの悪い。あれは自立心のない一部の研究者たちによる独断だよ」

「それでなんでこいつが謝られんだよ」

「お恥ずかしいですが、手違いで誘拐《ゆうかい》されまして」

「何、そりゃ聞いとらんぞ」

「ジャッジ君には内緒にしてくださいね」

「おい、また物価上がんじゃねぇだろうな。うちの婆さん困らせんじゃねぇよ」

「魔力布などの工芸品は厳しそうだが、生活に影響はないから安心しなさい」

ヘビが獲物を甚振《いたぶ》るような有様の後ろでは、リゼルたちが至って穏やかに会話を交わす。

交わす会話はすべてが国家機密だ。だからだろう、リゼルたちを除けば、部屋には今まさにつむじをこちらに向けている青年しかいない。

ならば、よほど立場のある人間なのかとリゼルが考えていた時だ。

「魔法学院管理部所長として深くお詫び申し上げます」

「所長さんなんですね」

聞こえた声に、リゼルは納得しながら口を開いた。

言い訳もせず、謝りっぱなしの相手にイレヴンも興が削《そ》がれたのだろう。そのまま会話の主導権をリゼルへと譲り、リゼルの隣で姿勢悪く椅子へと凭《もた》れかかった。

「いつ頃そのお立場に？」

「二年ほど前でございます」

「なら就任早々、忙しさが続きましたね」

「いえ、そん、そん、いえ、そんな、滅相もございません」

青年の落ち着いた声色が、声色はそのままに盛大に乱れた。

出世して幾らも経たない内に、管理下にある研究者が隣国の都市を滅ぼそうとするわ、その隣国の友好国である遠い国の軍を壊滅させようとするわ、さぞかし苦労したことだろう。

リゼルたちは若干の同情を抱く。それを理由に、手を緩めようとは思わないが。

「彼はそう言うが、この年で重役につくだけの実力は確かにあってね」

ふと、老紳士がフォローするように口を挟む。

それもそうだろう。彼は支配者の所業で、具体的にどう国の上層部が苦労したのかを推して量ることのできる立場にいる。

リゼルでさえ、想像するだけで「やりたくないな」と思うのだから、庇《かば》いたくなるのも仕方がなかった。

「ああ、知っているかな。彼の双子の片割れも、南区の主導者をしている優秀な子なんだ」

「南区、ですか？」

リゼルは少しばかり意外そうに呟いた。

それに対し、イレヴンが不思議そうに問いかける。

「リーダー南の頭なんて知ってんの？」

「ほら、一度お言葉を貰ったじゃないですか。直接ではないですけど」

「えー、覚えてねぇ、いつ？」

「貴族の俺が、黒い魔物のジルに湖に引き摺《ず》り込まれた時です」

「あ、すっげぇ覚えてる！」

なんのこっちゃとインサイと老輩がリゼルを見る。

それはサルスに来たばかりの頃、迷宮〝湖中のバザール〟を訪れた時のことだ。迷宮から引きあげた際、とあるギルド職員から市井《しせい》に「貴族が黒い魔物に湖に引き摺り込まれた」という噂が流れたのだとリゼルたちは聞いた。

それは間違いなく、リゼルたちが誤解されたものだろう。

そう結論づけた冒険者ギルドが、南区の主導者にそう報告した際の返答こそが「マジウケる」だった。

「サルスは若い人材が優秀ですね」

「そうだろう。ここは国として若い分、徹底した実力主義だから」

感心したようなリゼルに、所長よりも早く老紳士が返した。

その様子は誇らしげであり、これまでの言動からも彼が生粋の愛国者だと分かる。

愛国者というと過激なイメージが付きまとうが、要は生まれ故郷を自然と愛しているだけのこと。

今日も、あまりにもサルスが不利になるようだったら調整に動くだろう。

「それが裏目に出てちゃあ世話ねぇわ」

「頭よすぎる奴らが好き放題やらかしたんだろ？」

「こればかりは私も返す言葉がない」

ただし彼はインサイと同じ商人だ。

利益が絡まない限り、過度にサルスの味方もしないだろう。今日もバランサーの役割だけを果たしてくれるつもりのようで、それはリゼルにとっても素直に有難かった。

「改めまして、本日はよろしくお願いいたします」

リゼルたちの会話が終わる頃、所長はようやく頭を上げた。

雰囲気に違《たが》わず、爽やかな顔の好青年だ。とても机の上で土下座をするようには見えない。

彼は直前まで土下座をしていたとは思えないような落ち着いた仕草で椅子へと腰かける。

重厚な長机を挟んで両者が相対することで、やっと会議室らしい空気が部屋に満ちた。

「わたくしにアポイントメントをとってくださったのは……」

「俺です」

「ああ、あなたが」

所長が両膝に手をつき、深く頭を下げて挨拶《あいさつ》をした。

「初めに、不躾《ぶしつけ》で申し訳ございませんが、先日の腕輪というのは……」

「アリム殿下に頂いたものです」

「頂いたというのは……いわゆる、下賜《かし》されたものだと？」

「いえ、ご厚意というか」

「つうか土産」

「みやげ……土産⁇」

イレヴンの一言に、所長は土産という単語の意味を探す旅に出てしまった。脳内で。

その奇妙な間に、老輩が身を乗り出すように片腕を机に載せる。

「アリムっつうの聞き覚えあんな。何番目だ？」

「お爺様がお知り合いなのは前国王でしたね。その方の第二王子です」

「爺さん会ったことあんの？」

「馬鹿みてぇに明るい爺……前の国王な。そいつの後ろチョロついてんの見た気がすんな」

「布の塊《かたまり》だった？」

「あん、何だって？」

気安い会話に、所長の旅はさらに波乱万丈と化していた。

流石はSランクの冒険者、人脈の広さが果てしない。そう言ってしまうと、ならばBランクのリゼルたちも似たような人脈を築いているのは何故なのか、という疑問は湧《わ》くが。

「冒険者の人脈っちゅうのは馬鹿にできんな」

「私たちも見事に人脈を築かれている側だろう」

「そりゃそうじゃが。あ、お前さん冒険者に手足送り込んでねぇだろうな」

「冒険者ならば誰でも王族との伝手を作れる、というのなら考えるよ」

「はっはっ、そんなら儂もやるわ！」

商人二人は慣れたように、意味が分かると恐ろしい談笑に興じている。

そうしている内に、所長の旅もようやく終焉《しゅうえん》を迎えた。

捜していたものはずっと傍に。つまり土産は土産だという結論に達して逃げられない。

現実逃避で得るものはないな、と後に彼は悟ったように同僚へと語ることとなる。

「その土産……失礼、不敬ですね。アスタルニア王族の方から頂いた腕輪を使ってまで、例の研究者……ここでは最も知れ渡っている、支配者という呼称を使いましょうか。彼と面会を急いだ理由を伺ってもよろしいですか？」

「お心当たりは？」

「幾つか」

所長は自主的に椅子の上で正座した。

ピンと背筋の伸びた、素晴らしい正座だった。

事ここにきて、サルスがリゼルに何かを隠すことはない。だからこその謝意だろう。

リゼルが全てを知ることを、サルスは既に知っている。リゼルが知ろうとして知った訳ではないことも、知ったところで何かをしようなどという意思がないことも、全て。

だがそれでも、分からないことはあるのだ。

「もしアスタルニアの件で支配者に何かを求めるのなら、可能な限り」

「え？」

「えっ」

不思議そうなリゼルに、予想外の反応をされた所長は動きを止める。

その様子に、こりゃあ駄目だとばかりに老輩が片手を振ってみせた。

「国の坊主、お前が真っ先に謝るから本題からずれてくんだろうが」

「それは、当然のことでは」

「終わったこと謝られて喜ぶ冒険者なんざいる訳ねぇだろ。だから悪へビに遊ばれんだよ」

「ですが、一度も謝罪せず終わるわけにも」

「それだ、それ」

肘をついた老輩の武骨な指が、真っすぐに所長へと向けられる。

今から言うことを忘れるなと、そう強く言い聞かせるような仕草だった。

「お前は関係ねぇ」

「それは……」

「商業国だのアスタルニアだの知らねぇよ。こいつはな」

老輩は親指でリゼルを示し、そうして再び所長を指す。

「支配者とかいう頭でっかちに喧嘩売られて、買っただけだ。アスタルニアでもな。そいつらがお前んとこの下っ端だろうが何だろうが、こいつが殴り合ったのはお前じゃねぇ」

「殴ってはないですけど」

「俺はちょい殴ったりもしたけど」

「いいんだよ、似たようなもんだろ」

可笑しそうなリゼルと、ニヤニヤと笑うイレヴンに、老輩は豪快に笑ってみせた。

喧嘩は喧嘩だ。論戦だろうが、頭脳戦だろうが、己の力で相手を叩き伏せているのに変わりない。

「冒険者が喧嘩して誰が謝んだ。売った奴も買った奴も、勝ち負けも関係ねぇ。面子は喧嘩おっぱじめた時点でもう決まってるんだよ。後から取り返そうなんて考える奴ぁいる訳ねぇだろ」

非常に冒険者的な考え方だ、と老紳士は杖の蜘蛛を撫でる。

そうしながら、彼は横目でリゼルを見た。

リゼルは、イレヴンと同じように老輩の話を聞いていた。つまりは当たり前の話を聞くように、特別老輩の言葉に感じ入った様子もなく、酷く自然体のままで微笑んでいた。

伸びた背筋も、高貴な目元も、清廉な空気すらそのままに。

それは酷く矛盾を孕んだ光景で、しかし違和感を覚えないことが何より奇妙だった。

「それが、冒険者……」

一方、所長はといえば老輩の言葉に一度は感じ入り、

「冒険者……、……？」

リゼルを見て首を傾げている。おおむね老紳士と同じような感想を抱いたのだろう。

それを横目に、インサイが大きな体を捻《ひね》ってリゼルを向いた。

「じゃあリゼルは何しに来たんじゃ」

「勿論、支配者さんについて物申しに」

「おい、俺の啖呵《たんか》をなかったことにすんじゃねぇよ」

「違いますよ」

物言いたげな老輩に首を振り、リゼルはなんてことなさそうに告げた。

「昨日、また支配者さんに支配されそうになったので」

途端、にじり寄るような殺気が部屋を満たす。

椅子の上で正座している所長の顔から、どっと汗が噴き出した。

だが、唯一人以外の全てに向けられた威圧を、所長以外は仕方なさそうに流してみせる。

「おいこら、不貞腐れんな悪へビ」

気圧されている所長に気づいた老輩が、頭を押さえつけるように赤い髪を掻きまぜた。

イレヴンはその手を鬱陶《うっとう》しそうに避け、斜めにした体をそのままに告げる。

「不貞腐れてねぇし」

「結局支配されなかった、って許してくれたじゃないですか」

「リーダーは許したけどさァ」

ならば、許されないのは誰なのか。

二股の舌が紡ぐ言葉は平然としている。しかし所長は蛇に睨《にら》まれた蛙《かえる》のように動けなかった。視線を揺らすことすらできず、磨かれた机をただ見つめる。

一筋、落ちた汗が机に黒いシミを描いた。

「イレヴン」

「……はァい」

空気が軽くなる。

「こちらの連れが失礼しました」

「いえ」

所長はゆっくりと息を吐きながら、視線だけを持ち上げた。

向けられる柔らかな微笑み、その隣にいる鮮やかな赤は不貞腐れたように横を向いている。

「交渉ごとで感情を出すものではないよ。威圧が通じる相手だとしてもね」

「うっざ」

「若《わけ》ぇ若ぇ、リゼルを見習わんか」

「リーダー見習えとか無茶ぶりじゃん」

「冒険者以外にメンチ切んじゃねぇよ、婆さんに怒られんぞ」

「内緒にしといて」

存分に三翁に弄《いじ》られる姿に、微かに肩から力を抜きながら彼はリゼルへと向き直った。

隣のイレヴンを微笑ましそうに見ていたリゼルが、それに気づいて視線を返す。

「アリム殿下の権力を全力でひけらかした理由、でしたね」

言い方が微妙すぎて、所長はすぐさま同意できなかった。

その会話の外で、インサイが呆れたような顔をして腕を組む。

「リゼルの奴、言い方どうにかできねぇんか」

「ありゃなぁ、うちの婆さんと意気投合してんだよ。昨日こいつが国相手に権力ひけらかしたけど問題ないか、なんて相談すんだろ。そん時、婆さんが『自慢したくなる知人がいるのって素敵よね』なんて同意したもんだから、手段的にオールグリーンだって思っちまってる」

「そもそも権力を有効活用することは悪でもなんでもないだろう。いいのではないかな」

話が早くていいなぁ、とイレヴンは退屈そうに頬杖をつきながら思った。

誰も彼も話の本筋を見失わない。論点はアリムの権力で強引に事を進めたことではなく、そうしようとした理由。全員がそれを当たり前のように共有している。

それにしても、リゼルの言い方はイレヴンもどうかと思うが。

「支配者さんが俺を操ろうとした、とお伝えしたんですけど」

「はい」

「本当に操りたかったのはジルだと思うんです」

好青年の顔立ちを崩さずに動きを止めた所長を、リゼルはまっすぐに見つめた。

「大侵攻で支配者さんがジルを支配しようとしたことは？」

「……存じております」

「そう、それに俺が割り込んだ形です」

「ですが、貴方はそれを打ち破った。言い方は悪いですが、恨まれるとすれば……」

所長の言葉に、リゼルは可笑しそうに頬を緩める。

まるで、突拍子もない作り話を聞いたような笑みだった。

「俺、恨まれてるんですか？」

予想だにしない答えに、所長は目を丸くした。

反面、リゼルは悪戯っぽくイレヴンと視線を交わす。

「むしろ、ちょっと気に入ってもらえてるのかも」

「げ、なんで？」

「自分の魔法をもう一度味わえるぞ、っていう支配者さんなりの親切心がありそうです」

「最悪」

「そんだけ聞くと、やっぱお前さんが狙われてそうじゃな」

「そうなんですけど」

インサイの言葉に、リゼルは少しばかり眉尻を下げた。

実際、支配者が失敗を取り返そうとするだけならば、リゼルでもジルでもどちらでもいいだろう。

二人共、支配者の魔法による拘束を振りほどいたことに変わりはない。

ならば何故、本当はジルが狙われたのだとリゼルが断言するかというと。

「俺が、ジルを使っていいよと言ってしまったみたいで」

「は？」

イレヴンが唖然《あぜん》として口を開く。

「リーダーが？」

「そうみたいです。俺も、つい先日気づいたんですけど」

「何に？」

「ほら、前にジルと一緒に支配者さんに会いに行ったじゃないですか」

「俺ハブったやつ？」

「それです」

これについては、もうイレヴンも機嫌を悪くしない。

何故なら、既に機嫌をとってもらい済みなので。

「思えば、一度はジルの支配を失敗している支配者さんの前に、そのジルを引き連れていくのは良くなかったかなと」

リゼルも、クァトとの会話中にようやく気がついた。

見せびらかすような真似をした、意地が悪いことをした、そういうことではない。

己の研究を唯一として生きている研究者は、時に常人では思い至らない思考を持つ。

「貴方は、魔法学院に品物を卸しに行くこともあるんですよね」

リゼルは興味深そうに話に耳を傾けている老紳士を見た。

彼は以前に伝えたことをリゼルが覚えていたことに破顔《はがん》し、鷹揚《おうよう》に頷いてみせる。

「そうだね」

「個人の研究室を訪ねたりも？」

「ああ、勿論だよ。商機は己で作るものだ。売れそうな、つまり相手の欲しがりそうなものが手元にあるのなら、そこに足を運ばない理由はないのだからね」

老紳士はリゼルの伝えたいことを理解しているのだろう。

その分かりやすい説明に、イレヴンをはじめ、インサイや老輩まで嫌そうに顔を顰《しか》める。

「そういうことです」

ほのほの微笑むリゼルに、いまだ正座中の所長の目が虚《うつ》ろになった。

自らが監督責任を持つ研究者たちの、あまりの癖の強さに世を儚《はかな》んでいるのかもしれない。

「そうすっと、今度はなんでリゼルが狙われたのかが分からんくなるな」

「支配者さんとしても賭けだったんでしょうね。目印である魔石の一番近くにいる相手を指定したと思うので、俺かジルかイレヴンか、それほど分の悪い賭けではないと思います」

何より、誰に当たろうが成功判定を下せるだろう。

リゼルを支配できれば、今度は乗っ取られないかの実験ができる。

ジルを支配できれば、当初の目的が達成できる。

イレヴンを支配できれば、他二人が庇えもしなかった証明となる。

前回対象に逃げられ、他者の介入を許し、主導権を奪われた失敗を覆《くつがえ》せるはずだ。

「貴方が面会を急いだのは、それを予期して止めようとしていたから」

どこか呆然と呟く所長に、リゼルは少しばかり思案しながらも頷いた。

「いつ実行されるかまでは分かりませんでした。実際、ジルは貸しませんと念押しするだけのつもりでしたし……ただ、急ぐに越したことはないでしょう？」

そしてリゼルは、冗談めかして告げる。

「ジルが支配されて止められる方、サルスにいますか？」

「おらんおらん」

「坊主も腕っぷしばっか磨いてやがるからなぁ」

「かの魔法学院が誇る魔道具も全く通用しなかった、と聞いているからね」

「リーダーつれて逃げる」

朗らかに笑いあう三翁を尻目に、所長はおもむろに椅子から立ち上がる。

ついに彼の正座の位置が、椅子の上から床の上に変わった。目元はぎりぎり見える。

「でしたら、急ぐのも当然でしょう」

彼は深い反省の面持ちで、慎重に言葉を紡ぐ。

「今となっては言い訳となってしまいますが、わたくし共といたしましても、人間の支配などという悍《おぞ》ましい所業が二度とないよう十分に配慮をしております。支給する魔石の魔力量なども厳重に管理し、監視の目も外さず、彼の研究の進捗《しんちょく》なども詳《つまび》らかにして」

「貴方がたは、随分と彼を過小評価してるんですね」

所長が崩れそうになる姿勢をなんとか堪える。

嫌味など一切含まず、心から不思議そうに告げたのが余計に心を抉《えぐ》ったようだ。

「俺たちが理解できない方法で、片手間に、彼にはそれができるというだけですよ」

「どうしようもねぇじゃん」

「人間性が壊滅的だろうが天才は天才じゃからな」

「利害の一致で縛るしかないのだろうが……」

老紳士が苦笑し、インサイと老輩を一瞥した。

「そもそも、頭抜けた才能を管理できると考えるほうがおかしい。この二人を見なさい、幸いなことに他者を害することを好む質ではないが、見るからに好き勝手しているだろう」

例に挙げられた二人が、ヤンヤヤンヤと反論を始める。

なんだか雰囲気がそこらの飲み屋のようになってきたな、とそれらを眺めるイレヴンは、過去の武勇伝がぽんぽんと飛び出る会話を興味深そうに聞いているリゼルを横目で見た。

珍しく力押しで事を進めていると思えば、ジルが理由だったようだ。

いや、ジルのためと言いきれば語弊《ごへい》があるか。わざわざ〝貸さない〟と口に出したのだ。

自分のものに手を出すな、という傲慢な牽制。それは、冒険者最強を煩わせるなという強行的な献身《けんしん》をも孕んでいる。

「（いいなァ）」

どちらも。

肘をついた手に頬を預けながらリゼルを眺めていれば、穏やかな瞳が向けられる。

「支配者さんの封じ込みについては、前にイレヴンが上手にやりましたね」

「俺？」

イレヴンは、サルスに来てから支配者とは顔を合わせていない。

目元に落ちた髪をよけてくれる手を、目を細めて享受《きょうじゅ》しながら疑問を返す。

「彼を倫理では縛れません。でも君は、痛みで支配したでしょう？　物を考えられる限り支配者さんは魔法の探求を続けるなら、思考をそれ一色に染めてしまうのが効果的です」

「おい何したんだ悪へビ」

「肌色見えなくなるまでぐっちゃぐちゃにした」

所長がまさかと言わんばかりにイレヴンを凝視している。

サルスに引き渡すころには綺麗《きれい》に回復していたので、これは初耳だったのかもしれない。

「そ、の対応をこの国で実行するには、その、色々と問題がございまして」

「彼らの雑談だよ。気にせず堂々としていなさい」

戦々恐々と告げる所長に、老紳士がフォローを入れる。

ただし、それが気に入らなかったのだろう。インサイがリゼルへ目配せし、もっと言ってやれとばかりに机の下で親指を立てた。

今回の件は、言ってしまえばサルスの管理不行き届き。マルケイドを壊滅せんとした主犯を、のうのうとのさばらせていると言われて否定できるものではない。

リゼルとしても、今日の目的はサルスにしっかりと支配者を管理してもらうことなので。

「本当は、サルス上層部が支配者さんの研究を黙認してるのかなと思ったんですけど」

「決してそのようなことは」

「支配者さんに情報を流す内通者もいるみたいですし」

「は⁉」

「そらもういっちょ！」

インサイからの野次が飛ぶ。

リゼルは苦笑しつつも、素直にそれに従った。

「今回、俺の代わりに支配されたのは子供だったんですよ」

「な……」

「手違い、で合っていますか？」

「それは、どういう」

「その子供は俺への攻撃を強要されました。強制された他害は、時に被害を受けた時よりも幼い心に傷を残してしまう。違いますか？」

「それまだまだ！」

野次が続くなか、リゼルはわざとらしく冷酷に微笑んでみせた。

「不思議ですね。少年兵の作り方とそっくりです」

つまり、サルスが国家主体となってそれを作り出そうとしているのか、と。

そう告げられた所長は、それが本意ではないと知りながらもショックで土下座した。

彼の頭が完全にリゼルたちの視界から消える。

「よしもう一押し！」

「君はいい加減にしないか」

「爺が若い奴いじめんじゃねぇよ」

「なんじゃ、つまらん」

こちらも諫《いさ》められたインサイが、あっさりと追撃の手を緩めた。

インサイとしても、完全に憂さ晴らしという訳ではない。露見すれば国家間の問題になりかねないことを、魔法学院管理部所長という、敢えていうのなら末端が頭を下げるだけで終わらせようというのだ。

インサイもマルケイドの重鎮とはいえ、シャドウから正式に使者として派遣されている訳ではない。自ら築き上げた立場以上の権利は持たないが、今日のことを伝えずにいられる立場でもない。ならば存分にリゼルにつつかせて、「こんなことになってたから許してやらんか」と笑い話にしてやるのが最善手。なにせシャドウは、支配者信者ならぬマルケイド過激派筆頭なので。

リゼルもそれを理解しているからこそ、インサイの野次に素直に従ったのだ。

あとは、自らのパーティに手を出そうとした支配者への意趣返しも、少し。

「では、そろそろ本題に戻ろうか」

老紳士が進行役を買って出ながら、床に崩れ落ちている所長に着席を促した。

所長は一見して誠実そうな相貌のまま、ふらつきながらもなんとか椅子に座る。

まともな着席姿を見ると、彼は会議場によく馴染んだ。文官気質であるのだろう。

「君の要望は、支配者の管理の徹底で良かったかな」

「はい」

「サルス側も管理の見直しが必要かもしれないね。なにせ、内通者という話も出た」

「勿論でございます」

そこで老紳士はふと、茶目っ気のある笑みを浮かべてリゼルを見た。

「そうだ、君ならどう支配者を管理するのか、一案があるのなら聞いてみたいものだ」

「俺ですか？」

問いかけに、リゼルは数秒だけ思案した。

ここで処刑を提案するのは簡単だが、あの才能を惜しむ気持ちはリゼルにもよく分かる。

リゼルがサルス側の立場であっても同じことをするだろう。特殊な立地であるサルス、その魔物対策の大部分を支配者が開発、またはアップグレードしているに違いない。

生かしておくことで、受ける恩恵は莫大となる。

ならば、監視の目さえきちんと機能すればひとまずの問題は去るはずだ。

今の監視の、何が足りないのか。支配者の一挙一動を見張っていても足りない部分があるとすれば、それはもはや支配者の才能に並びうる存在にしか理解できない部分があるということなので。

「魔法学院の中庭にガラス張りの研究室を作って、そこで研究してもらいます」

嫌がらせかな、とイレヴンは思った。

「ついでに、他の研究者たちの出入りも自由にすれば完璧です」

嫌がらせだな、とイレヴンは思った。

天才の監視は天才にやってもらう、という我ながら妙案だったのだが。

リゼルは初代国王像の前で、いまいち反応の悪かった自らの提案を反芻していた。

話し合いはそれなりに平穏に終わり、今は昼に集合した場所で誰ともなく足を止めている。

「リーダーまだ納得いってねぇの？」

「魔石用の魔道具を持ち歩く方もいますし、不審な魔力の動きもすぐに分かるのに」

「なんでそんなもん持ち歩いとる」

それはリゼルにも分からない。

リゼルは声をかけてきたインサイを見上げ、近くで話している老輩と老紳士を見た。

「これから三人でお食事ですか？」

「そんなら お前さんらも誘っとるわ。今日のところはマルケイドに戻らんとな」

「伯爵によろしくお伝えください」

「おう、たまには遊びにくんじゃぞ。また奴に飯でも奢らせてやれ」

インサイはそう言って笑い、踵を返した。

人混みから頭一つ抜けた長身は、少し離れたとしても見失うことはない。

「お前ら晩飯いんのか」

「イレヴン、どうしますか？」

「リーダーと食って帰る」

「そんじゃあ伝えとくぞ」

インサイを見送るのだろう。

去り際、思い出したように離れたところから老輩が声を張り上げた。彼はイレヴンの答えに了承を示すように、一度だけ大きく手を振って歩いていく。

インサイがあまりに年若く見えるため、外見年齢としては親子に見えてもおかしくはないのだが、二人並んで歩く姿はいかにも古くからの腐れ縁といった風情を醸《かも》していた。

互いの職業柄、顔を合わせる時間は決して多くはなかったろうに、不思議なことだ。

リゼルはそう思いながらも微笑み、杖を手に歩み寄ってくる老紳士へと向き直った。

「今日は有難うございました」

「いいや、私もこの齢になって新鮮な経験をさせてもらったよ」

老紳士の人好きのする笑みに、イレヴンが胡散臭《うさんくさ》そうに眉を寄せる。

「わっざとらしい」

「おや、君の前でも同じように接しているだろう」

「せいぜいリーダーの暇つぶしになれよ」

「勿論、誠心誠意努めさせてもらうよ」

互いに本気ではない。本気になるようなやり取りではない。

親しみのない戯言《ざれごと》は、今は敵対していないという確認のためだけの会話だった。

ならば大丈夫か、とリゼルも口を開く。

「そういえば、今日のお礼がまだでしたね」

「礼を受けるほどのことはしていないよ。インサイに揶揄われてしまう」

「いえ、ぜひ」

リゼルは穏やかなに目元を和らげた。

「情報屋としての貴方を、アリム殿下に紹介しても？」

「ふむ」

老紳士の笑みは変わらない。

イレヴンだけが、リゼルの意図を推し量るように片眉を上げた。

「アスタルニアは国民の気風もあって、諜報《ちょうほう》に向いた人材がいないみたいで」

「ああ、そうだね。あちらはどうにも、真っ向勝負を好む人間が多い」

「貴方のような方と伝手ができれば、アスタルニアとしても助かると思うんです」

「勿論、私としても有難い申し出だ」

老紳士はアスタルニアに伝手を持たない。

勿論、手足は存在する。情報屋として潜り込んでいる者もいる。

ただし、情報収集はしても買い手は少なかった。なにせリゼルが言葉どおり、策を巡らせることを好まない人間が多く、更には立地が周辺国から孤立しているため、外の国で話題に上がることも少ない。

要は、アスタルニアの情報は市場価値が低いということ。

だが、王家が客となるのなら話は変わる。なにせ単価が桁違《けたちが》いだ。

「だが、いいのかい？」

「何がですか？」

「アスタルニア王家が受け入れるとは限らないだろう？」

「いえ、きっと歓迎してもらえますよ」

リゼルは何も気負わず、穏やかな微笑みのままに告げた。

「どんな抜け道も、貴方ならば調べられるはずだと伝えれば、きっと」

理解したイレヴンの手が、音もなく腰の剣へと伸びる。

抜け道。信者たちが魔鳥《まちょう》騎兵団への襲撃拠点にした、王家でも限られた人間しか知らない地下通路。どこから漏れて、どのように信者たちへと伝わったのか、いまだ不明点の多いそれ。

つまりは、リゼルの監禁場所。

「アリム殿下にはお世話になったので、ぜひ紹介価格でお願いしますね」

リゼルは優しくイレヴンの手を制しながら、そう告げる。

老紳士をアスタルニアに突き出すのではない。騎兵団襲撃の犯人は信者たちに外ならない。これは純粋に、腕輪という形で力を貸してくれたアリムへの返礼であり、また今日同行してくれた老紳士への感謝の気持ちであった。

「これは参ったな」

それを理解しているからこそ、老紳士も朗らかに笑う。

頭に載せたハットに触れ、仕方なさそうに首を振る姿は、孫の我《わ》が儘《まま》を聞く祖父にも似ていた。

「値切りに応じたことはないが、君の頼みとなれば仕方がない」

アスタルニア王家は、決して老紳士へと贖罪《しょくざい》を求めない。

一流の情報屋との伝手ができることは、かの国においてそれほどに大きな意味を持つ。

また老紳士も、たとえ情報料がゼロになろうが損はない。

王家との伝手はそれほどの価値があり、商人である彼がその価値を見誤ることなどない。

両者とも、地下通路の件に触れないことで最大限の利益を得る。ならば、そうしない手はないだろう。

「良かった。じゃあ、アリム殿下にそう伝えておきます」

「よろしく頼むよ」

釈然としない顔をしているイレヴンをよしよしと慰め、リゼルは共に帰路に着く老紳士と本トークに花を咲かせるのだった。

184.

サルスから馬車で二十分ほど。

その迷宮は、街道から少し外れた平原のど真ん中に佇《たたず》んでいる。

「じゃあ行きましょうか」

「動きにくい」

「暑《あち》ぃ」

扉の前に立つリゼルたちは、もっこもこだった。


見渡す限りの雪野原は、足跡ひとつない新雪。

灰色の空から舞い落ちる雪が音を吸い、静寂を際立たせる。

肩に落ちる結晶は、決して溶けることなく服を滑り、時折通りすぎる小夜風《さよかぜ》に掠《さら》われる。

ここは、そんな静かで少し寂しい迷宮だった。

「風がないのだけが救いですね」

「……」

「歩きづれぇな」

「……」

「真っ白で綺麗な迷宮ですけど、御者《ぎょしゃ》さんは人気がないって言ってましたね」

「……」

「ここだけのために防寒装備作りたくねぇんだろ」

「……」

イレヴンが喋らない。

「イレヴン、やっぱり止めておきますか？」

「だいじょぶ……」

「てめぇ動けんだろうな」

「だいじょぶ……」

一番もこもこのイレヴンだが、それでも寒いものは寒いらしい。

リゼルたちが普段身につけている冒険者装備は、ある程度の防寒性能がある。夏は涼しく、冬は暖かく。それだけの素材を使っているのだから性能はいい。だが流石に、火山から雪国までカバーできるほどではなかった。今日も新しく仕立ててもらった冒険装備を身につけ、万全を期して迷宮〝色のない土地〟を訪れたのだが。

「リーダーなんか……」

「イレヴン？」

「なんかして……」

「暖かく、ですか？」

「それ……」

草木も見当たらない、真っ白な雪原をリゼルたちは歩き出した。

ポツンと置かれている扉を背に、どちらが正解か分からないまま歩を進める。どちらを見ても、白と灰色の境界線があるのみ。方角すら見失いそうだった。

「火の魔石に発火寸前まで魔力を入れてポケットに、は無理ですし」

「砂漠で冷風出してただろ」

もっとも軽装のジルが、白い息を吐きながら告げる。

彼は暑さに弱いが、寒さには強い。寒いは寒いので眉間の皺《しわ》は深くなっているが、暑さを感じている時のような苛立《いらだ》ちや不快感はなく、至極《しごく》平然としていた。生まれ故郷が北のほうだったのかもしれない。

それにしても、冷風が出せたなら温風も出せるだろうと簡単に言ってくれるものだ。

リゼルは苦笑し、できないとは言わないものの首を振る。

「ここで温風を纏ったら、溶けた雪で服が濡れるので」

リゼルの言葉に、ジルは納得したようだ。

そして諦めろとばかりにイレヴンを見る。

「帰れ」

「うっさ……」

肩を丸め、大股で歩くイレヴンは頑《かたく》なだ。

雪道を歩き慣れていないのか、珍しくその足元ではギュムギュムと雪を踏む音がする。

寒い寒いと言いながら、なんだかんだ迷宮を出る頃にはその足音も消えているのだろう。

「イレヴンが一番毛皮を使ってるんですけど」

「防寒のためじゃねぇけどな」

この防寒具を仕立てる際、イレヴンは「似合うから」という理由で毛皮マシマシにした。

実際に似合うのだから仕方がない。リゼルは納得のセレブ感が出てしまったし、ジルはその筋の人間にしか見えなかった。よって二人は、イレヴンに比べれば毛皮控えめだ。

「どんだけ着たかったんだよ」

「着たい服で迷宮を選ぶっていうの、新鮮ですよね」

そう、この迷宮に関する依頼を選んだのはイレヴンだった。

サルスの朝がやけに冷える日、そういう時のために元々防寒具を新調する予定だったという。そのタイミングで迷宮〝色のない土地〟の噂を聞き、折角だからとリゼルやジルを引き連れてがっつりと装備を新調した。

するとすぐさま着たくなり、こうしてこの迷宮を訪れているのだが。

「……」

イレヴンが喋らない。

ただ後悔はなさそうなので、それなりに満足ではあるのだろう。

「今度、学院の方に相談してみますね。防寒用の魔道具、もしかしたらあるのかも」

「んー」

あまり甘やかすなと、ジルは白い溜息を吐き出しながら剣を抜く。

「動きゃ暖かくなんだろ」

足を止めた。

雪のチラつく、一面の銀世界。

迷宮の名のとおり、見まわそうと視界は白と灰色しか移さない。

どこに魔物がいたのかと、リゼルが遠くの起伏を眺めていた時だった。

――――ギャアッ！

頭上でけたたましい鳴き声がした。同時に、飛び散った羽毛が視界を埋める。

死角からの襲撃を捌いたジルが、剣先についた魔物の血を雪で拭《ぬぐ》った。

「上でしたね」

「初《しょ》っ端《ぱな》で魔鳥は意地悪《わり》ぃな」

雑談のように話していれば、イレヴンが靴先で落ちた魔鳥をひっくり返す。

新雪にゆっくりと血色を滲ませる体。その腹側は曇天《どんてん》と同じ灰色だったが、それとは裏腹に背中側は酷く鮮やかな藍《あい》色をしていた。

「リーダー好きそう」

「あ、凄い。保護色ですね」

イレヴンの髪についた羽毛をとってやりながら、リゼルは微笑んだ。

「迷宮の固有種でしょうか」

「曇《くも》りにしか対応してねぇしな」

「ナハスさんに聞いてみようかな」

「あいつ自分の魔鳥にしか興味ねぇんじゃねぇの」

「そんなことないですよ」

リゼルは摘んだ羽をじっと見て、そして歩き出しながらポーチに仕舞う。

今度、手紙を送る時に一緒に入れると喜んでくれるかもしれない。ナハスへの手紙で毎度魔鳥について話している訳でもないのだが、話題に選んだ時には心なしか返事が嬉しそうだった。

「それにしても、雪って歩きづらいんですね」

「初？」

「子供の頃に、薄く積もった庭を歩いたくらいです」

リゼルはふと、後ろを振り返ってみる。

大股ながら、鍛《きた》えられた体幹で絶妙なバランスをとるイレヴンの足跡。

なんだか普通に歩いているように見える、雪を物ともしないジルの足跡。

いまいち足が上がりきっていないようで、二本の轍《わだち》のような線を引くリゼルの足跡。

「ジルが一番慣れてますね」

「村も冬になりゃ降ったからな」

「アスタルニアには雪が降らないみたいですし、イレヴンも初めてですか？」

「んー……」

厳密に言うならば、アスタルニアにも一切降らない訳ではない。

何十年かに一度、奇跡的な冷え込みが起これば、積もらない程度の粉雪が見られるという。

ちなみに宿主が雪を見たことは一度もない。それほどに滅多にないことだった。

「サルスで、何回か」

「サルスは降るんですね。楽しみです」

「お前んとこ雪珍しいのか」

「いえ、冬になれば降りますよ。ただ、ガラス越しに見るのが普通だったので」

「お貴族さまは馬車しか乗らねぇって？」

揶揄うような言い方に、リゼルも可笑しそうに笑う。

リゼルの国も、冬には毎年雪が降った。広大な国土なだけあって、軽く積もる程度で済む所もあれば、北の国境付近にもなると時に陸の孤島になってしまう村もある。

幸い、リゼルの領地や王都はそれほど大量に雪が降ることはなかったので。

「最近はすっかり暖かな室内で、庭の雪化粧を眺めてましたね」

「優雅ァ」

「雪の被害報告や対策に追われながらなので、ゆっくりとは見れないんですけど」

貴族も大変だなと、ジルたちは残念そうなリゼルの横顔を同情と共に眺めていた。


「あ」

暫く歩くと、イレヴンが何かを見つけた。

「どうしました？」

「足跡」

やや先のほうを指さすイレヴンに、三人は歩調を早めた。

そして見つけたのは、獣のものだろう足跡。右手の地平線から、前方の地平線へ。

点々と伸びた一匹分の足跡は、どこまでも続いているように思われた。

「魔物、ではないですよね」

リゼルは感心したように呟いた。

これまで遭遇した魔物は、魔鳥やエレメント、灰色蝶《ちょう》などの浮遊系ばかり。

足場が悪いからかなと特に不思議には感じていなかったが、今となってようやく理解できた。これを道しるべに使え、ということなのだろう。

「何の足跡でしょう」

「リーダーの」

「え?」

リゼルが不思議そうにそちらを見れば、防寒具で口元まで覆《おお》ったイレヴンがにんまりと目を細めていた。聞き間違いではないようだ。

その隣で、ジルが呆れたように捕捉を入れる。

「ウサギ」

「ああ、成程」

以前、とある迷宮でリゼルとジルは獣と化した。

リゼルは兎《うさぎ》、ジルは狼。その時のことだろう。リゼルとしては、何故兎だったのかと今でも疑問ではあるのだが。

「お前よりはでけぇな」

足跡を見下ろしていたジルが、なんとなしに呟いた。

恐らく兎時代と比べられている。比べられても、と思わずにはいられない。

「次は違う動物になってみせます」

「選べねぇよ」

「ウサギいや?」

「嫌ではないですけど、ジルがオオカミだったので釣り合いが……」

足跡は前方、やや左手へと向かっている。

まずはそれを辿ることにして、リゼルは浮かべた銃を泳がせながら思案した。

ジルが狼。イレヴンはまず蛇か。二匹とも捕食者として名を売る戦闘能力高めの動物だ。

その隣で、もひもひ草を食べていて果たしていいのだろうか。迷宮攻略に相応しい動物とは。

「迷宮環境に見合った動物を目指せばいいんですよね」

「浮いてたもんなァ」

「バグってたんだろ」

決意を新たにするリゼルに、二人は慰めとも何とも言えない言葉を送る。

そしてリゼルは兎(冬毛)になった。

静かに舞い降りる雪、その中に一つだけあった大きな雪の結晶を触ったらこうなった。

「リーダー……なんで……」

リゼル（兎）を抱いたイレヴンは震えている。

痛ましさ一割、笑いを耐えているのが九割の震えだ。寒さはもはや吹き飛んでいる。

薄情な仲間だった。

「なんか……前よか場違いじゃねぇけど……なんか……」

「景色には合ってんだろ」

「あったか……」

「抱いてろ」

こいつ迷宮に嫌われてるんじゃ、とジルはイレヴンの腕の中でもひもひと鼻先を動かしているリゼルを見下ろした。いや、本人の希望は叶ったのだから好かれているのかもしれない。

迷宮に人格などないのだから無駄な考えではあるのだが、そう思わずにはいられなかった。

そしてリゼルの兎がバグではないことが判明した。空気を読んだうえで兎だった。

ジルは同情をこめてつぶらな瞳を見下ろし、いまだ笑いを堪えているイレヴンへと問いかける。

「どうすりゃ戻んだよ」

「知らねぇし」

「てめぇは経験者だろうが」

「は？」

着ぶくれしたイレヴンの腕の中、据わりが悪いのかリゼル（兎）は何度も身じろぎしている。

リゼルの身につけていた服も銃も消えているが、これは前回と同じなので気にしない。

「俺とこいつの面倒みたんだろ」

「つってもニィサンは人語喋んねぇだけのニィサンだったし。リーダーもひもひしてるし」

「おい」

「戻ったのも普通に階層突破だし」

ジルとリゼルは、狼と兎になっている間の記憶が曖昧だ。

ずっと獣の視点でものを見て、獣の思考で行動していた。根っこは自分自身の思考だったとしても、四つ足になって自然に歩ける程度には獣の仕様に馴染んでいたというのもある。

完全に人間に戻った際、その仕様部分が引き継げずとも仕方ないだろう。

「階層っつっても意味ねぇだろ」

ジルは掌で腹を掬《すく》うようにリゼル（兎）をイレヴンから取り上げた。

迷宮に入り、かれこれ一時間近く歩いているが地の果てが見えない。途中で地面に横たわる灰色の石碑《せきひ》、そこに刻まれた魔法陣を見つけてはきたがそれだけだ。

ならば次の魔法陣を見つければいいのでは、という問題でもない。こういった一階層しかない迷宮では、点在している魔法陣に順番というものがないのだ。確実に戻る保証はない。

「リーダーがいりゃラクなのに」

「だからこいつが狙われんだろ」

「あー、そゆこと」

特に、こういった一面だけの迷宮にリゼルは強い。

常に最高効率を目指しているので、時に直線距離を見出し、更には幾つか魔法陣を飛ばしてボスへと辿り着く離れ技まで見せたこともある。

それは勿論、無茶な道程も難なく踏破できるジルとイレヴンが居てこその近道だ。ならば何故自分だけ兎にされるのかと、そう疑問を抱くべきリゼル（兎）はジルの掌に抱えられてもひもひしている。

「おら、行け」

ジルがリゼル（兎）を雪の上に放した。

リゼル（兎）は一歩も動かずにもひもひしている。

「リーダーだいじょぶ？　寒くない？」

「ウサギだろ」

リゼル（兎）はもひもひしている。

「ウサギっつってもいかにも飼いウサギじゃん」

「フォルム違《ちげ》ぇよな」

「野生とかさァ、もっとマッチョだし」

リゼル（兎）は無の表情でもひもひしている。

「……そこらへんのウサギじゃねぇだろうな」

「思った」

イレヴンも前回、同じことを考えた。

だがしかし、足元にいるふわふわの塊はリゼルで間違いない。イレヴンが以前に見た兎とまるで同じだ。正直なところ、体長が一センチや二センチ変わっていたとしても気づける自信はないが、人間のリゼルの身長が変わっていないので恐らく変化はないだろう。

イレヴンはしゃがんで、歩き出さないリゼルの眉間をつついてみる。

「リーダー歩けない？　なんかあった？」

指先から小さな震えが伝わってきた。

「震えてんだけど！」

イレヴンは急いで抱き上げる。

上着の前を開いて中に入れてやれば、リゼル（兎）は大人しく収まったまま震えていた。

「野生じゃ生きれねぇなこいつ」

「野生じゃねぇし。ね、リーダー」

そう抗議しながら、イレヴンは上着の前を閉めていく。

最終的に、イレヴンの胸倉から顔を出すリゼル（兎）が誕生した。

「それ動けんだろうな」

「ニィサン戦って」

「てめぇ今日何しに来たんだよ」

「服着に来た」

二人はサクサクと歩き出す。

もっとも不慣れなリゼルが今や兎となっているため、その歩調は先程よりも速い。

ただし、今の状態で道しるべとなっている足跡が消えてしまうのは困る。なにせ一人で迷宮に潜っている時ならばともかく、リゼルが同行している時はマッピングを全て丸投げしているのだ。

今日も、今この瞬間までサボりにサボっていた。つまり遭難一歩手前だ。

「足跡消えたらどうする？」

「帰る」

「あー……」

イレヴンは顎《あご》に触れるリゼル（兎）の毛皮を堪能しつつ、後ろを振り返った。

二人の足跡はすでに消えかけている。それほど吹雪いていないにもかかわらず、現在進行形で数メートル後ろの足跡から消えていっていた。間違いなく迷宮仕様だ。

獣の足跡だけが点々と残っているので、ある程度までは戻れるだろうが。

「帰れんの？」

「ウサギでも道案内くらいできんだろ」

「あーね」

兎とはいえリゼルなので、帰り路の先導はできるはずだ。

その場合、リゼルは兎のままサルスに帰ることになるが。今の宿は動物の連れ込みができただろうか、と話し合う二人は半分冗談であり、もう残り半分はまごうことなく本気であった。

どれほど熟練の冒険者だろうと、迷宮を舐《な》めてかかるようなことはしない。危険だと判断すれば、例えパーティのリーダーが兎になっていようが撤退する。

「お、ニィサン見て」

「あ?」

少し歩いた頃だった。

道しるべにしていた獣の足跡が、綺麗に左右へと枝分かれしていた。どちらかを選ばなければならない。だが、間違えば何が待ち受けているのか。

罠が多いだけならば、ジルたちにとっても面倒この上ないがまだマシだ。歩いた距離をそのまま引き返してこなければならない場合が、二人にとっては精神的なダメージがもっとも大きい。モチベーション駄々下がりという意味で。

「どっち?」

「知らねぇよ」

「ここでいきなり足跡二匹になってんの何?」

「分裂でもしたんじゃねぇの」

「怖」

想像して、ジルとイレヴンはリゼル(兎)を見た。

足跡は兎のものだ。リゼル(兎)も分裂したらどうしよう、と二人はしばし無言で思案する。

とりあえずもう一匹はジルの上着に突っ込むことになるだろう。二人は特に会話を交わすでもなく、同時にその結論に達した。それ以上は考えたくなくなったともいう。

「ん？」

するとリゼル（兎）がイレヴンの胸元で身じろぎした。

「どしたのリーダー、ニィサンが分裂とか言うから怒った？」

「こいつだとは言ってねぇだろ」

「何？　出る？　寒くねぇ？」

イレヴンは上着からリゼル（兎）を出すと、両脇に手を添えて地面に下ろそうとする。

だが実際に雪に近づけると、ぶら下げていた両足を引っ込めた。冷たいのを避けるかのような仕草に、下りたいのではないのかと地面から離す。

すると再び、鼻先を地面に向けて身じろぎした。

「リーダー？」

「足跡が気になんだろ」

「道案内してくれんの？」

一面の新雪では、気にかけるものといえば獣の足跡しかない。

ジルの言葉にイレヴンはしゃがみ、決して雪には下ろさないままリゼル（兎）を足跡に近づけた。

すると、リゼル（兎）はもひもひもひもひと足跡の匂いを嗅ぎ始める。

「あー、ウサギだからウサギの足跡分かるってこと？」

「意味もなくウサギにされた訳じゃねぇのか」

「それは可哀想すぎんじゃん」

「笑ってんじゃねぇよ」

元の足跡、右に続く足跡、左に続く足跡。イレヴンは順番にリゼルを移動してやる。

そうしてひと通りの足跡チェックが終わったあと、リゼルの左足がぴょっぴょっと宙を蹴った。

「左だって」

「行くぞ」

そうして二人と一匹は、道しるべが分岐するたびに同じことを繰り返すのだった。


時に魔物に襲われながら、もう何度目かの分岐を過ぎた頃。

「お、いた」

いまだにウサギと化しているリゼルを胸に、イレヴンは遠く目線の高さを指さした。

ふわふわと何かが浮いている。一見して、妖精が円になって踊っているような光景だ。

あれこそが、今日の目的である〝雪の妖精《スノーフェアリー》〟。依頼に書かれていた魔物だった。

「今どんだけ集まってんだっけ」

「三か四」

リゼルたちが今日受けた依頼は、【溶けない雪が欲しい】というもの。

迷宮〝色のない土地〟に関する依頼を探していた時に、ちょうど見つけた依頼だった。依頼人の求める雪は、二人の視線の先にいる魔物から手に入る。ちなみに目標数は小瓶で五つ分。

「おい」

「気づかれた？」

粉雪の中を舞っていた妖精たちが、ゆらゆらと揺れながらジルたちを見ていた。

白と灰色の、半透明の姿。まるで子供の人形のように可愛らしく、また神秘的にも見える。

雪のヴェールを纏い、雫《しずく》のレースを翻《ひるがえ》す姿はまさに、妖精の名に相応しい。

「どうすんだよ」

「俺リーダーいるからムリ」

「俺がそいつ持ちゃいいだろ」

「俺の装備が一番あったかいから可哀想」

だがしかし、ジルとイレヴンは嫌そうな顔をして何かを押しつけ合う。

口実にされたリゼルは、相変わらず何を考えているのか分からない無表情でもひもひしていた。

そうしている内にも、妖精たちは楽しそうに踊る。

くるくると右へ、くるくると左へ、両腕を広げるように雫のレースを膨らませ、そして。

「げ」

妖精の周りに、無数の雪玉が現れた。

あれこそが依頼の品。だが、その入手は容易ではない。何故ならこの依頼はBランク、冒険者の中でも一握りの実力者しか受けることのできない選り抜《え》《ぬ》きの依頼なのだから。

雪玉は惑星のように妖精の周囲を回る。だがそれも一瞬のこと、ぴたりと動きを止めたそれらが初速の概念すら捨て、剛速球も生ぬるい速度でジルとイレヴンへと襲いかかった。

「あ、ッぶね」

イレヴンは即座にリゼル（兎）を支え、その場に伏せた。

頭上を十の雪玉が通りすぎていく。猛吹雪のような音が一瞬のうちに近づき、通りすぎていった。

そのあまりの速度に、押しのけられた粉雪が痛みを伴う強さで頬を打つ。

「ッあーーー……」

寒さの極致に意味のない呻き声を漏らせば、細やかに動く髭が顎を擽《くすぐ》った。

守るために覆った手のひらの中であたたかな温もりが動き、イレヴンの顎を見上げているのが分かった。視線はそちらにやれないが、白い息を吐き出しながら笑って立ち上がる。

隣にいたジルも同じく。究極的にガラの悪い顔をしながら妖精を睨みつけていた。

「ニィサン盾とか持ってねぇの？」

「ねぇ」

ジルは、回復薬や迷宮攻略を有利に進める道具などは迷宮からよく出る。

勿論よく分からない迷宮品も出るが、そのあたりはごく一般的な冒険者と同じだ。汎用《はんよう》性の高い品が多めで、時々変な迷宮品が出て、そして極稀に希少な品が手に入る。最後については、ジルが迷宮深層を日々はしごしているから、という注釈は必要だが。

それらのジャンルは多種多様。リゼルも羨《うらや》ましがる冒険者らしいラインナップだ。

だが、手に入れた品をジャンル別に見てみると、一点だけ異様な偏《かたよ》りを見せる部分がある。

「そういや防具系出すとこ一回も見たことねぇかも」

「……」

「後でリーダーにチクろ」

「止めろ」

迷宮に空気を読まれているのはリゼルだけではない。

ジルの宝箱の成果は、武具関係において防具ゼロ。剣が九割の、その他武器が一割だった。

くるくると他の妖精も踊り始める。次の弾幕まで、あと幾ばくかもない。

「てめぇは盾ねぇのか」

「売ってる」

「入れとけよ」

「使わねぇもん入れんの嫌ァい」

リゼル（兎）がリゼルだった頃は、安定した雪玉の入手方法があった。

リゼルが全力で魔力防壁を張り、ジルが雪玉を誘い、発射された雪玉が防壁にぶつかり、辛うじて原形を残して地面に落ちたものだけをリゼルが慎重に回収する。そういう地道な作業の繰り返しだ。

ちなみにイレヴンはその間、防壁の後ろに立つリゼルの更に後ろで寒さに肩を丸めていた。

「もうニィサンがキャッチするしかねぇじゃん」

「それやって手ぇ凍っただろうが」

「人外凍らせるようなヤベぇモンだって依頼人知ってんの？」

「知ってて欲しがるほうが怖《こえ》ぇだろ」

討伐ならば簡単だ。

雪玉が発射される前に、雪玉を生成される前に斬り捨てればいい。最初こそ雪歩きに気を取られたが、今となっては二人がそれを意識することなどなくなっているのだから。

だが、雪玉入手となると工夫が必要になる。力で押しがちなジルと、寒さで何も考えたくないイレヴンでは、なかなかに相性の悪い依頼だった。なにせ、リゼルが二度目の兎になるとは露とも思っていなかったので。

「もうニィサン突っ立って壁になって。俺リーダーいるから」

「凍るっつってんだろうが」

「手も回復薬かけりゃ治ったじゃん」

「てめぇがやれ」

「俺リーダーいるから」

体《てい》のいい口実にされようが、リゼル（兎）は鼻先に雪を積もらせるのみ。

先に動いたのは妖精だった。くるくると踊っていた動きが止まり、周囲を漂う雪玉も十個揃って静止する。風音に紛れるような幼い笑い声と共に、リゼルの銃に勝るとも劣らない剛速球が発射された。

「でっけぇ剣とかで受け止めらんねぇの!?」

「でかくても全身は隠れねぇよ」

「ニィサンが無駄にでけぇから！」

「じゃあてめぇが使え」

「俺リーダーいるから！」

二人揃って伏せ、次々と頭上を通過する轟音《ごうおん》に負けない音量で言葉を交わす。

容易に手の出せない雪玉の唯一の救いは、あまりの勢いに直線でしか飛んでこないことだろう。

幸いなことに、妖精も地面と平行の軌道にしか打ち出せないようだ。

そう油断していると、深層でいきなり地面にも打ち込んできたり、ホーミング機能がついたりとガラリと戦い方が変わることもあるのだが。中堅の冒険者が引っかかりがちな罠だった。

「いい加減働け」

「あーリィーダー……」

弾幕が止んだのを皮切りに、ジルの手がイレヴンからリゼル（兎）を奪っていく。

代わりにイレヴンに渡されたのは、超巨大で超重量級なグラディウス。柄がなければ細長い盾と言われても納得してしまうだろう。分厚く、幅があり、なによりまともに構えることすらできないほど重い。

直前まで抱えていた温かいもふもふの塊との落差が酷かった。

「おっも……持ち上がんねぇんだけど……」

「引き摺れりゃいい」

「つうかこれ俺もちょいはみ出んだけど……」

「致命傷になんなきゃ十分だろ」

「もっとリーダーのこと丁寧に持って……」

「うるせぇ」

ぶつくさ文句を言うイレヴンを、ジルは面倒臭そうにひと言で切り捨てた。

ジルには機嫌をとってやる必要性も感じなければ、わざわざ文句に付き合ってやる義理もない。前者にいたってはそもそも不可能だ。それができるのはリゼルだけであり、そこそこの付き合いがある精鋭すら機嫌を損ねたイレヴンからは全力で距離をとるという。

ならば流すに限るだろう。最悪の八つ当たりをされようが難なくいなせる、そんな冒険者最強だけがとれる対処法であった。

「俺動かねぇからニィサン雪玉誘って」

「支えてねぇと倒れるぞ」

「手ぇ痺《しび》れそう」

とはいえ、やることさえやればジルとて文句はない。

ジルはリゼル（兎）を片腕で抱え、イレヴンからグラディウスを奪って地面に突き立てた。その後ろにイレヴンが隠れるのを見るでもなく、くるくると踊りながら上に下にと宙を漂う妖精を見据える。

「ニィサンが抱いてるとリーダーの獲物感すっごい」

「てめぇも似たようなもんだろうが」

野営で似たような光景を見たことあるな、とイレヴンがぼそりと呟いた。

勿論それよりは随分と丁寧な抱き方をされているが、絵面的に今日の夕食だと言わんばかりの説得力がある。当のリゼルがすっかりと落ち着いて抱かれているのが、いかにも箱入り兎といった危機感のなさを感じさせた。

「来るぞ」

「げぇ」

くるくる、くるくる。回っていた妖精が動きを止める。

一匹、二匹、三匹、順番に。浮かんだ雪玉が三十、ぴたりと静止して狙いを定めた。

一瞬の静寂は、耳が痛いほど。それを破るのは、勿論幾重にも重なった威圧的な風切り音だった。

ジルは伏せずに横に跳んだ。勢いに押されたリゼル（兎）の両耳が揃って真横に流れる。

「きッッつ」

グラディウスが面で捉えた雪玉は三つ。

イレヴンの手に、大剣を巨大な木槌に殴られたかのような衝撃が伝わった。希少な魔物素材を惜しみなく使った手袋もしているというのに、一瞬の衝撃三回で掌が痺れ始めている。

凍らされたとはいえ、これを直に掌で受けたジルにはまさしく人外の称号が相応しい。

「これ雪、爆散してんじゃねぇの」

イレヴンは立ち上がり、グラディウスの前に回った。

背後ではジルが妖精を斬り捨てているが、気にせずグラディウスの根元にしゃがみ込む。傍にはは雪の似合うリゼル（兎）が、小さく震えながらも大人しく座っていた。

「寒いねぇ、リーダー」

ジルが下ろしていったのだろう。

もふちょこんとした塊を抱き上げ、上着の中に仕舞ってやりながらイレヴンは笑う。

「ここらへん、溶けねぇ雪かな」

グラディウスの根元に、いかにも雪玉が崩れたような跡があった。

半分は散ってしまったのか、本当に微かなそれは小瓶二つ分くらいだろうか。依頼人が用意した瓶は親指ほどの小さなもので、それは恐らく雪玉が入手困難だと知っているからだろう。

その割に五つなどという欲張った数を欲しがっているが。その分、報酬は高額だった。

「リーダーどうやって入れてたっけ」

「迷宮品の園芸セット」

「あー」

妖精の姿をした魔物を斬り捨て、戻ってきたジルが呆れたように告げた。

リゼルは謎の宝箱運により、奇妙な迷宮品ばかりを手に入れる。いつか手に入れた園芸セットもそれで、シャベルとジョウロがセットになっていた。ちなみに二つとも、非常に軽いという特徴を持つ。

「迷宮品なら凍らねぇかもっつってたぞ」

「それで本当に凍らねぇのが意味分かんねぇんだよなァ」

「瓶も迷宮品なんだろ」

「依頼人怖ぇヤツ確定じゃん」

イレヴンは宝箱からシャベルなど出したことはないので、双剣の先で雪を掬っては小瓶に入れていく。その剣の扱いに、剣コレクターの気《け》があるジルが嫌そうに顔を歪めた。

瓶は口が狭いので雪が零れやすい。何度か掬って入れて、恐らく普通の雪が交じりながらもなんとか瓶を二つ埋めた。普通の雪はどうせ解けるので、後からでも区別がつくだろう。

雪を詰めた瓶は、ひとまずジルのポケットに入れておく。

「おい」

「零れて凍ったら嫌だし」

「てめぇが凍れ」

「俺はリーダー入れてるし」

溶けた分、足りなくなったら追加が必要だ。

恐らく依頼人も、そこまでの精度は求めていまい。普通の雪が交じることを踏まえての瓶五つなのだろう。だが、リゼルがそういったやり方を好まないことをジルもイレヴンも知っている。

「これリーダーいつ戻んだろ」

「役割終わったらだろ」

そうして、ジルとイレヴンは再び獣の足跡を辿る作業へと戻っていった。

リゼルが我に返った時、幼児のように両脇に手を添えて持ち上げられていた。

鼻先を、見覚えのある大粒の雪の結晶が落ちていく。

「え、と」

「戻ったァー……ッ」

リゼルは現状を把握するかのように周囲を見回した。

目の前には、呆れたように溜息をついているジルがいる。振り返れば、心なしか疲れた顔をしたイレヴンがいる。リゼルを持ち上げていたのはイレヴンで、彼はイメージにそぐわぬ慎重な仕草で雪の上へと下ろしてくれた。

「イレヴンに持ち上げられるの、ちょっと衝撃です」

「第一声がそれかよ」

「リーダー割とそれ言うけど、思ってるよか俺筋肉あっからね」

ひとまず、リゼルは丁寧に二人へと感謝を告げた。

全く記憶にはないが、恐らく迷宮の何某《なにがし》かがあったのだろう。迷惑をかけていなければいいのだが、と苦笑しながら詳細を問いかける。

「覚えてないんですけど、また子供にでもなりました？」

「覚えてねぇの？」

「全く」

ジルとイレヴンが視線を交わす。

何かを押しつけ合うようなやり取りの後、苦々しげに口を開いたのはジルだった。

「……動物になってた」

「そうなんですか？」

兎になった前回は、わりかし記憶が残っていたというのに。

リゼルは意外そうにしながらも、少しばかり期待を込めて続きを促した。兎になった前回は記憶があったのだ。ならば記憶をなくした今回は、また別の動物になっていたに違いない。

「なんでしょう、この迷宮で大立ち回りできそうな動物でしょうか」

「景色には合ってた」

ジルは嘘をつかなかった。

「雪景色に合うとなるとシロクマ、いえ、オオワシとかでしょうか。ここ、地面を歩く動物はいませんし」

「まぁ歩いてはなかった」

イレヴンも嘘はつかなかった。

「最低でも肉食がいいですね。ほら、君たちもそうですし」

「リーダーん中で俺なんになってんの？」

最低条件がクリアできていないのでどうにもならなかった。

「……」

ジルは思案する。

ここは兎と似たような顔をしたオコジョにでもなったと言ってやろうかと。肉食だし。親切心と若干の遊び心からそう考え、いや果たしてオコジョでリゼルが喜ぶだろうかと眉間の皺を深める。

「あー……」

イレヴンも思案する。

ここは兎と似たような顔をしたシマエナガにでもなったと言ってやろうかと。虫とか食べるし。親切心と多分な遊び心からそう考え、亀を知らなかったのだからシマエナガもワンチャン知らないで喜ぶかもしれないと笑みを浮かべる。

「リーダーってシマエナガ知ってる?」

「白くてふわふわした鳥ですよね」

「やっぱなんでもない」

流石にペットが正体不明の白いふわふわなだけあって、似た系統の動物については調べ尽くしているようだ。遊ぶな、と言いたげなジルの手に後頭部を叩かれた。

「それよかさっさと行くぞ」

「ジル?」

「ん」

不思議そうなリゼルに、ジルが顎で示したのは前方だった。

そこには湖があった。表面は凍りつき、凹凸《おうとつ》もなく、美しく磨かれた鏡のようだった。変わらず舞い続ける粉雪は、凍りついた湖面を通り抜けてしんしんと湖底に沈んでいく。

その湖の真ん中には、雪に埋もれた墓場を擁《よう》する小さな島があった。

「あれは……」

島の上空に、何かが浮かんでいた。

巨大なハンドベル、ただし持ち手がデーモンの彫像になっている。恐ろしい風体をした彫像は、禍々《まがまが》しい両翼を畳むように身を丸めていた。今にも動き出しそうな壮絶な迫力があり、実際に島に足を踏み入れれば襲いかかってくるのだろうと容易に想像がつく。

間違いなく、この迷宮のボスだろう。

「行くぞ」

「そうですね、すみません」

リゼルは銃を発現させながら微笑み、話を切り上げた。

ジルがボスを目の前に足踏みをするなどあり得ない。それを利用した話の方向転換は見事に成功し、三人は揃って自然の鏡面へと足を踏み入れる。

先送りにした問題をどうするかは、その時に考えることにする。ジルとイレヴンはそうした非常に刹那的な、非常に冒険者らしい考え方をもってそう結論づけるのだった。

185.

サルスの酒場に一組、冒険者パーティがいた。

装備の質からして中堅の冒険者であり、特別面倒見がよさそうにも、特別乱暴で人望がないようにも見えない風体をしている。極《ごく》ありきたりで、安定感のある五人組のパーティだった。

彼らは周囲の喧騒に同調し、また更に煽《あお》ろうとするかのように大声で笑う。

その様子に、今日は依頼が上手くいったのだろうと、横を通り抜ける酒場の店員はしたり顔。

冒険者というのは宵越《よいご》しの金を持たない者が大半であり、つまりは飲んで食っての大騒ぎで売り上げに貢献《こうけん》してくれる。盛り上がりすぎて大暴れするようなことにならなければ、だが。

「これ、おかわりちょうだい」

通りすぎようとした店員に、冒険者パーティの内の一人が声をかけた。

へらへらと笑う軽薄そうな男が、空いた皿を揺らしながら店員を見上げていた。

椅子に引っかけた弓から、弓使いなのだと分かる。存分に使用感のある弓が、いかにもひと通りの修羅場を経験している中堅冒険者らしかった。飾り気のない、武骨で力強い弓だ。

「同じのを？」

「そ」

「同じだけ?」

「そー」

店員が、念を押すように確認を繰り返す。

何故なら、いまや空となった深皿には、先程までミニトマトがこれでもかと盛りつけられていたからだ。ソースもドレッシングもかけず、切っても焼いてもいない、正真正銘ヘタだけとったミニトマトだけが盛りつけられた皿だった。

誰が酒場まで来て、ミニトマトだけを貪《むさぼ》りたいというのか。

勿論、本来はメニューにだって載っていない。ただミニトマトを盛るだけでいい、と言われて半信半疑で出した皿に、更におかわりが重ねられるなど誰が予想するというのか。

「ミニトマトだけの?」

「そうそう」

改めての確認にも、弓使いの冒険者は平然と肯定する。

その片手には、安いエールが握り締められている。ミニトマトをツマミにもはや何杯目か。

「出してやってくれや、あんならさ」

ふと、リーダーらしき強面《こわもて》の男から声がかかる。

それを皮切りに、雑談に興じていた他のメンバーも店員たちの会話に入ってきた。

「こいつ、これだけはどうやったって譲らねぇんだ」

「金かけんなら肉にしろっつってんのに、勿体《もったい》ねぇよなぁ」

「サルスなんざやたら野菜高いってのに」

「まぁ、うち土地ないから」

店員は釈然としないながらも、空の皿を受け取った。

本来ならば調理して出すような食材を、そのまま欲しいと言われても嬉しくないのだから仕方ない。とはいえ金はしっかりと払うというので、拒否するほどの理由もないのだが。

「山盛りでおねがーい」

へらり、と弓使いの冒険者が笑う。

軽く頭を振るだけで土埃の舞いそうな髪、屋外での活動が多いために浅黒く焼けた肌。それらの冒険者らしい要素に、目を細めた軽薄な笑みが交じると、途端に遊び人の気風が強くなる。

冒険者に少なからずいるタイプだな、と店員は内心で呟きながら了承を返した。

「ミニトマト、お好きなんですね」

「そうでもないんだけどね」

本人からのまさかの返事に、店員は混乱を極めながらも厨房へと向かう。

その後ろで、呆れ顔をした強面の男が拳を握り、そこそこの力で弓使いの冒険者を小突いた。

「てめぇのそれだけは何年経とうが意味が分からねぇ」

「俺にしちゃあ周りの奴らが不思議。特に美味しくもねぇのに食べたくて堪んない、みたいなのガチでねぇの?」

「ねぇよ」

すぐさま否定され、弓使いの冒険者は両脚を前に投げ出すように天を仰ぐ。

彼にとっては、随分と以前から当たり前のことだったのだ。正確にいつからかは分からないが、物心ついた時には既にミニトマトを食べたくて仕方がなかった。

暫く食べられないと、他のものを食べても食べても物足りない。その感覚は、飢餓《きが》感にも似ているだろう。その癖、自らの舌はミニトマトを美味しいと感じていないのだ。

改めて考えると奇妙だが、それが当然である彼の思考は長くは続かなかった。特に不味くもないので問題はない。そう結論づけて、パーティメンバーに邪魔だとばかりに蹴りつけられた脚を引っ込める。

そうして口に出すのは、サルスで奇跡の再会を果たした一組のパーティのこと。

やけに目立つ冒険者らしくない冒険者と、その両隣に立ちはだかる冒険者最強、そして獣人のことだった。

「つかなんで俺ら貴族さんらと行き先被んだろ。面白いからいいけど」

「先にここ居たら来んだもんなぁ」

「王都は言うまでもねぇし、アスタルニアは俺ら追いかけたか？」

「別に追いかけようとして追いかけた訳じゃねぇけどよ」

冒険者の拠点移動が、こうも連続で被ることなどなかなかない。

彼らはその物珍しさを肴《さかな》に、大笑いしながらエールを飲み干した。

翌日の夕暮れ時、一軒の宿の上、屋根の上に一人の男が立っていた。

軽薄な面持ちは鳴りを潜め、自負に満ちた顔つきをしている。衣服は擦り切れた寝巻から、格式ばった燕尾服《えんび》へ。傷んで跳ねていた髪は、幾重にも櫛《くし》を通されて落ち着きを取り戻していた。

彼はさらに白手袋を嵌めようとして、ふと荒れ果てた己の掌に気づく。

「……」

気に入らない、と眉を跳ね上げた。

細身のスラックスからポマードを取り出し、慣れた手つきで蓋《ふた》を回す。薬指で刮《こそ》ぐようにとり、掌に塗り込めると、そのまま両手を髪へと差し込んだ。

「全く……」

掻き上げるように、ゆっくりと手のひらを後頭部へ。

「最悪のセンスだ」

前髪の一筋も額に落とさず、撫でつけられた髪が月明かりに艶めいている。

昼間にあった冒険者らしさは消え失せ、そこにはただ蠱惑《こわく》的なばかりの男が立っていた。


サルスの何処かにある、とある屋敷の一室に、長い前髪で両目を隠した男はいた。

部屋は閑散としていた。埃っぽい空気、ランプは魔力の切れた魔石が残るのみ。家具はほとんどなく、一脚の椅子だけがぽつりと置かれている。彼はそこに腰かけていた。

昼間だというのに、光源は分厚いカーテンから差し込む光のみ。薄暗い部屋だった。

「どうすっかなぁ……」

前髪の長い男は、なんとなしに床を眺めながら思案する。

深い思考に沈んでいるのだろう。そう感じさせる、静かな声だった。

「どうするのぉ？」

そこに、朗々と差し込まれる笑い声があった。

前髪を切り揃えている彼は、ゲラゲラと笑いながら床に胡坐《あぐら》をかいていた。

「貴族さんの手紙、蜘蛛に手ぇ出されるかもぉって？」

つい先日、リゼルとイレヴンが三翁をつれてサルスの中枢に突撃した時のことだ。

そのついで、とばかりリゼルは情報屋である蜘蛛の頭に、バレバレのカマをかけていた。

そもそも隠す気も、隠す必要もなかったのだろう。カマかけと同時に、膨大な対価を示しているのだ。損失より利益が上回れば、商人である老紳士がそれに乗らないはずもない。

取り引きは至って平和的に、第三者にしてみれば殺伐とした事情を抱えながらも成立を見せていた。

前髪の長い男が熟慮しているのは、その時にリゼルが告げたことについて。アスタルニア王族へと、いい情報屋がいたのでどうですか、という売り文句が書かれるだろう手紙についてだ。

「貴族さんの手紙なんて奪っても蜘蛛が損するだけじゃーん」

「確実に覗かれはすんだろ」

「貴族さんのことだから覗かれるのくらい分かってそう」

「その上でどっちかっつう話」

前髪の長い男が顔を上げる。

「どっち選べんなら覗かれたくない、とか思ってたらどうすんだよ」

「別にスルーしても貴族さん怒んねぇからいいってぇ」

そう、リゼルは精鋭が動こうが動くまいが恐らく気にしない。

動いてくれたら礼をして、動かなかったら認識を修正して、ただそれだけのことだった。

そもそも、滅多にないことではあるが、精鋭らに動いてほしければ直接（もしくはイレヴンを通して）頼むのだ。よってこうして話し合いをしているのは、前髪の長い男の独断でしかない。

ちなみに彼が何故、他の精鋭を巻き込むことが多いのか。

それは、いざという時のスケープゴートにするため。もしくは自分以外の精鋭を動かす際、暴走しがちな相手を二対一で制圧して言うことを聞かせるためだった。なにせ他人とまともなコミュニケーションをとれる人間がほぼいないので、普段は互いに仲間意識さえ持っていないのが精鋭という集まりだった。

それを獣の群れ程度まで統率しているイレヴンは凄い。凄いのだが。

「貴族さんはいいにしても頭《かしら》がヤバい」

「は？」

「手紙覗かれんの、絶対気に入らねぇだろ」

「貴族さんに手ぇ出されてから頭の蜘蛛嫌いヤベェしね」

「スルーしたらキレられる」

「キレた頭怖ぇんだもーん！　頑張ろ！」

軽い言葉と共に、けたたましい笑い声が上がる。

何故自分が呼ばれたのか、前髪を切り揃えた男も理解したようだ。もしリゼルの手紙に蜘蛛の手が届いた時、つまりミスした時に、状況を把握していない他の精鋭をイレヴンに差し出すための戦力だ。

イレヴンが何故精鋭を率いられるのか。そこには、他人に対する容赦のなさがある。

容赦のない者は精鋭の中にもいる。むしろ、そういう者しかいないというのが正しい。ただし彼らの容赦のなさを、いつかリゼルは「他人に対する認識が歪んでいるから」だと称した。

相手に笑顔がないと同じ生き物だと分からない、そもそも食べ物相手に理解しようがない、自分を苛《いじ》める加害者なんて理解したくないなど。だからこそ容赦がないし、容赦が必要かどうかという疑問すら浮かばない。

しかし、イレヴンにはそれがない。

容赦のなくなる根拠がない。それなのに、イレヴンのそれは「容赦しようと思えばできる」という類のものとは全く違う。精鋭たちの、人類にとっての理不尽な害悪と同種のものだった。

だからこそ、精鋭たちはイレヴンのことを認識できる。

ならば言うことを聞こうという気にもなるだろう。今になっても残っている精鋭たちは、普通に寿命以外で死にたくない者ばかり。一人でいれば、普通に生きているだけなのに何故か罪人指定されたうえに処刑されてしまうのだ。

ならば、常識とやらの物差しを持つ同類と行動を共にすればいい。真似するだけで、堂々と人混みを歩けてしまう。憲兵や兵士に追いかけられるのは、とにかく面倒だし疲れるし食事もゆっくりとれないし。そんな不満とおさらばできると、イレヴンの下についている者がほとんどだ。

余談だが、リゼルは前髪の長い男だけを唯一、認識の歪みの定義から外している。

「貴族さん手紙いつ書く？」

「知らねぇ」

「今何してんの？」

「三人で迷宮」

「じゃあ明日かなぁー、明日がいいなぁー」

「手紙ができあがってんなら迷宮帰りに出す気もすっけど」

「貴族さんの行動はいつも早いなぁーっ！」

笑い転げる男を尻目に、ふと前髪の長い男がカーテンの閉まる窓を見た。


ちなみに、その頃のリゼルたちはまさにボスとの戦いの真っ最中だった。

凍《い》てついた湖の中央にある、雪に埋もれた墓場での戦い。音もなく浮かんでいる醜悪なデーモン、それと融合するハンドベルを相手に、一進一退の戦いが繰り広げられていた。

いや、戦況はやや押されている。その理由は立地にあった。

縦横無尽に宙を統べるボスを相手に、リゼルたちが使える面積は墓場を擁する孤島のみ。墓場は、小さな集落のものを思わせる清貧で小規模なものだ。走り回るにも限度があり、また地面に横たわる墓標は雪に埋もれ、石碑がないものには足を取られることもあった。

何より、一歩でも湖に足を踏み入れれば。

「あ、やべ、あーーー……ッ」

「あ、イレヴンが」

何故かノンストップで対岸まで滑る。

スピードは一切落ちない。踏ん張ろうが全く意味がない。ただただ真っすぐ滑る。

一歩でも湖の氷に足を乗せればこうなるのだから、いまいち戦況が進まなかった。

「何回離脱すんだよあいつ」

「今ので四回目ですね。ついでに俺が一回、ジルが二回です」

氷に運ばれた回数は、見事に動く量に比例していた。

「ただいまァ」

「おかえりなさい」

「これテンション下がるからすっげぇヤだ……」

もう一回滑れば戻ってこられるので、それほど長い離脱している訳ではないのだが。

しかしジルとイレヴンにしてみれば、盛り上がっている時、つまりボスに集中している時こそ足元への意識がやや逸れる。結果として抱いていた高揚感が落ち着き、氷に運ばれながら変に冷静になってしまうのだ。

そのせいか二人は二回目以降、すべてを諦めて直立不動で運ばれている。

「防壁を張るにも、咄嗟の時に外に逃げられないのは避けたいですし」

「ここ平らにできねぇのか」

「やろうとしたんですけど弾かれるので、そういう島なんだと思います」

「墓どかせねぇの？」

金属光沢に雪を滑らせ、空中で静止するボスをいいことにリゼルたちは話し合っていた。

前髪の長い男の視線の先で、燕尾服を身に纏った青年が笑う。

弧を描く唇、仕立ての良い燕尾服、ひと房も崩れのないオールバック。それら全てが開かれた窓の窓枠に収まり、背負う茜《あかね》が彼の蠱惑的な空気をより増して、まるで物語のワンシーンを写し取った絵画のようにも見えた。

「私は美しいだろう？」

オールバックの青年が笑みを深める。

昼間の姿からは考えられないほどの変貌。彼が数時間前まで、荒くれ者共と依頼に駆け回っていた冒険者であると信じる者はいないだろう。顔の造形は変わらないというのに、今この場にいる彼はまさしく別人にしか見えなかった

「帰るかさっさと窓閉めろ」

だが彼の問いかけを、前髪の長い男はあっさりと流した。

窓を閉めろ、と腕を振る。名目上、ここは〝留守しがちな住人の住む〟貸し部屋なのだ。

サルスに空き家は少ない。どこかの誰かの家に転がり込むならまだしも、無人の住み家が欲しいのならば不在でも維持し続ける必要がある。そのために手を回しているのだから、設定が瓦解《がかい》するような真似は避けたかった。

「自信満々の笑顔いいね！」

「素晴らしい。お前は美しさというものをきちんと理解できているようだ」

笑い続ける男からの称賛を、オールバックの青年は当然のように受け入れた。

伸びた背筋に、燕尾服がよく似合っている。彼は白手袋を嵌めた手を打ち鳴らし、称賛に喝采《かっさい》で返しながら、部屋の中央まで足を進めた。燕尾を翻し、前髪の長い男を振り返る。

「先日の手紙の件だな？」

「夜しか目ぇ覚めねぇ癖によくご存じで」

「目が覚めないとは心外だ」

オールバックの青年は、額に手を当てながら嘆かわしいとばかりに首を振った。

仕草の一つ一つがわざとらしく、しかし洗練されているせいか違和感を抱かせない。

「この体は私のものだろう」

彼は誇るように胸を張り、己の頬を撫で上げる。

「このセンスの悪い男は私を知らないが、私はこの男のことをよく知っている」

「だぁい好きなトマト食べさせるために昼間も起きてんだもんねーっ」

「お洒落《しゃれ》は我慢と言うが、これればかりはな」

笑う男が耐えきれず、更に大きな笑い声を上げながら仰向《あおむ》けに倒れる。

もはや呼吸さえ困難なほどに爆笑する彼を、美しくないとオールバックの青年は嘆いた。この話を精鋭の中でも悪食《あくじき》で知られる男にした時には、全力の同意を得られたというのに。

「で、手紙が？」

「私がやろう」

両目を隠した男が先を促せば、すぐさま青年がそう返す。

「君たちが貴族さまと呼ぶ彼には、恩があるからね」

「一度も会ったことねぇだろ」

「それでもだ」

オールバックの青年は、一度もリゼルと顔を合わせたことがない。

昼間は言わずもがな。体を同じくする男も、リゼルとそう大した交流はない。

ならば夜はというと、青年が品定めに追われているので忙しい。美しさを重視する彼は、己が一番美しいとはいえ美しいものが好きであるので、ショーウインドーを眺めることを酷く好んでいるからだ。

「私は冒険者というものを酷く醜い職だと嘆いていたが」

オールバックの青年は、恍惚《こうこつ》と笑う。

「彼のお陰で、考えを改めることができた」

まぁ冒険者に見えないし、とその場にいた二人は思ったが、口に出さなかった。

互いの趣味嗜好には立ち入らない。それが殺し合いを避けるための、精鋭らの持つ唯一の不文律だったからだ。


一方、リゼルたちはボスを引き摺り下ろしにかかっていた。

ハンドベルのクラッパーに、試行錯誤の後に縄をかけることに成功。今はその縄をジルとイレヴンが引っ張り、融合するデーモンからの魔法をリゼルが少し離れたところから防いでいた。ハンドベルの構造上、真下で縄を引いているとデーモンが見えないからだ。

空から悠然と三人を見下ろしていた魔物が、徐々に地面へと引き摺り下ろされる。

「重《お》ッも、ニィサンちゃんと全力出してんの⁉」

「ここで手ぇ抜いてどうすんだよ」

自らが地面に落とされようとしていることが分かっているのだろう。

デーモンは両翼を限界まで開き、歪《いびつ》な腕を振り回している。そこから四方に飛び散り、ジルとイレヴンを狙い打とうとする魔力の塊を、リゼルは次々と魔力防壁で防いでいった。

流石にボスの攻撃だけあって、一球を防ぐだけでも相当な魔力を注ぎ込んでいる。二人の全身を覆いっぱなし、などはすぐに魔力が尽きてしまいそうなので、小さくて強力な防壁を三つ重ねて防いでいた。

集中力を使うな、とリゼルは上目でボスを伺う。

「(ベルが鳴らないだけマシかな)」

あの巨大なベルの音色は、精神汚染を引き起こす。

食らったのはジルだった。一瞬でそれを振りはらい、自我を取り戻していたが、意識がどこかに引っ張られる感覚があったという。意識を失わせようとしていたのか、それとも意識ごと乗っ取ろうとしたのか。

操られたら困る、と三人で話し合い、そこからすぐに今の作戦に移行した。

縄でクラッパーさえ押さえておけばベルが鳴ることはない。更には相手を引き摺り下ろせる。投げ縄の要領で引っかけるのは随分と苦労したが、一石二鳥の作戦だ。

「おっ、落ちるかも」

巨大なハンドベルがようやくバランスを崩した。

デーモンも体勢を崩し、あらぬ方向へと魔力球を飛ばしている。ようやくか、と三人が落下地点に集まろうとした時だ。

それは、全くの偶然であったのだろう。光沢のあるベルが変な傾き方をして、そして。

「あ」

カラン、と高らかにベルの音がした。

リゼルは咄嗟に防壁を張る。音は防げずとも、魔力的な干渉は防げるかもしれない。

だがそれでも、脳が大きく揺らされる感覚がした。体から力が抜ける。これは急激な眠気だった。ジルが感じたものとは違うような気もするので、効果はランダムだったのかもしれない。落ちようとする瞼を堪えていると、薄れかけている視界に鮮やかな赤が翻る。

「リーダー!」

より近くにいたイレヴンが駆け寄ってきてくれたのだろう。

お陰で、雪の上に倒れ込まずに済んだ。イレヴンの装備にふんだんに使われた毛皮が頬をくすぐる。

「操られる? だいじょぶ? 銃消せる?」

眠すぎて声が出せずにいれば、矢継ぎ早に質問が飛んでくる。

リゼルはどうにかして目を覚まそうと深く息を吸い込んだ。なんとか堪えている視界で、ボスとの間に立ってくれているジルの背をイレヴンの肩越しに見つける。

とにかく、操られる心配がないことだけは伝えなければいけない。頭痛がするほどの眠気に耐えながら、リゼルが口を開きかけた時だ。

「操られかけたばっかのリーダーもっかい操られんのとか俺ムリなんだけど!」

「おい」

「あ、やべ」

めちゃくちゃ目が覚めたしボスも倒した(ほぼジルが)。

深夜のサルス郵便ギルドには、見回りの職員がいる。

見回りといっても、郵便物を残して無人にはできないというだけのこと。役割は職員の間で持ち回りとなっており、大抵は残っている仕事を終わらせたり、普段はできない場所の整理整頓などをして過ごしたりする。

今日もまた、一人の職員が夜のギルドを歩いていた。

ランプを手に、とある一室へ。そこは、預かった手紙を保管しておく部屋だった。

宛名別に仕分けしてある棚を、職員はランプを持ち上げながら一つ一つ確認していく。探している棚は、普段はなかなか馴染みのない国宛てのもの。普段の仕事と変わらず、さてこのあたりだったかと床に置かれた木箱を跨ぐ。

「ぅ、お」

何か柔らかいものを踏んでしまい、職員は後ずさりをした。

荷袋でも踏んでしまったかとランプを向ければ、見えたのは人間の脚が二本。

「な、だ……誰だ……？」

もしや、とよくよくランプを翳《かざ》してみれば、横たわっているのは男のようだった。

その胸がしっかりと上下しているのを見て、職員は胸を撫で下ろす。どこぞの酔っ払いが間違って入ってきたのか、と近寄って膝をついた。起きろ、と肩を揺さぶるつもりで。

だがその手が肩に触れる直前、寝ていた男がゆっくりと上体を起こす。

「うわっ、お、起きたのか」

職員は驚いた声を上げ、肩の力を抜いた。

「お前、ギルドで何を」

「お前はアーモンド形の瞳が美しいな」

「は？」

まだ酔っ払っているのかと、そう職員は問いかけようとした。

だが、できなかった。痛いほどの力で両肩を握り締められている。

「何、何だ、何だよ」

職員は震える声で問い続ける。

恐ろしい。だが、何故か目の前の蠱惑的な笑みから視線を逸らせない。

美しさと恐ろしさは時に同列に語られるというが、こういうことなのだろうか。

「私は美しいだろう？」

男の瞳の中で何かが揺れている。

見つめられている。瞳の奥、更に奥、確かにそこから何かに見つめられていた。

震えの止まらぬ職員に、男がそっと囁《ささや》く。

「Hello, my clothes（ようこそ、我が麗《うるわ》しのクローゼットへ）」

その一言と共に、蠱惑的であったはずの男が崩れ落ちた。

床に寝そべるのはもう、すっかりと寝入っていびきをかいている一人の男。先ほどとは別人の、格好だけきちんとしているだけの冒険者であった。

職員が立ち上がる。震えはすでになく、彼はしっかりとした手つきでランプを持ち上げた。

「ああ、そこにあるのか」

そう呟いた職員が、棚にある数多の手紙の中から一通を抜き出す。

手紙の表の宛名を確認。裏返し、差出人を確認。そこには少し斜めだが、流れるような綺麗な文字が綴られていた。

「ああ、美しいな」

そう囁いた職員に浮かぶ笑みは、とても――。


椅子が一脚あるだけの殺風景な部屋で、二人の男が話している。

「なぁなぁアレ本気で言ってんだと思う⁉」

「あ?」

「『私は美しいだろう』ってやつ!」

一人の男が、ゲラゲラと笑いながら告げる。

「何年か前は全然違う奴だったっつうの!」

「あー……」

違う奴。

それは、性格が違うなどという可愛いものではない。

別人なのだ。顔も、性格も、社会的地位も全て。全く違う人生を歩む別人だったのだ。

変わらないのは、夜に顔を出す何かのみ。何をどうして、どうやったのか。それを知る人間はいない。精鋭たちでさえ、数年前はいきなり知らない相手に知り合いムーブをかまされてビビり散らかしたのだ。

「美しさに正解なんてねぇんだろ」

「いきなり適当言うじゃん」

関わりたくなさすぎて心にもないことを言えば、前髪を切り揃えた男は露骨にテンションを下げていた。

閑話：ある日のアスタルニアの風景

アスタルニアのとある朝。

そこで宿主は、今日も変わり映えのない日々を送っていた。

「全室空き部屋になった」

遠い目をして、握り締めた箒《ほうき》をただ無心に動かす。

宿主の宿は、割と客の入りにムラがあった。コンスタントに八割埋まっている、というのが恐らく宿の理想なのだろうが、この宿はこうしてぽっかりと客足が途絶える瞬間が多々ある。

宿主の宿は格安という訳でもない。

一泊するだけならば安い宿でいいと考える者も多く、逆は少数派。結果として、長期で利用する常連客が多くなる。そういった常連客は、宿泊を終えると次は数年後という者も多い。

常連自体は有難いことだが、やはり新規の客にもガンガン利用してもらいたかった。そしてあわよくば定宿《じょうやど》にしてほしい。個室とかもがっつり利用してほしい。

「個室のベッド二段にしよっかなー」

正直、個室よりも二人部屋のほうが需要はある。

だが、他ではあまり見ない個室も立派な宿の売り。勿論、値段を考えると割高ではあるのだが、少ないながらも需要はあるのだ。アスタルニアの外から来る人々は、不思議なことに一人の空間を好むタイプが少なくない。

アスタルニアではあまり馴染みのない感性だが、そういう人もいるだろうと宿主は気にしない。なにせ個室の長期利用が、売り上げ的にも日々のメンテナンス的にも一番嬉しいので。

「個室なくして貴族さんたちが別の宿行ったらショックすぎるし……」

全開にしている玄関から、土埃を吐き出しながら宿主はもの寂しく笑う。

何故なら、簡単に想像できたからだ。もしリゼルたちがアスタルニアを再訪するとして、きっと宿には自らの宿を選んでくれるはず。そうに違いない。そう信じている。別れ際にも約束したし。

そうなった時に、もし個室をなくしたことを伝えればどうなるだろうか。

『実は個室なくしたんっすわー』

『あ、じゃあ違うところにしますね』

想像上のリゼルは特に未練もなく、酷くあっさりと微笑んで去っていった。

宿主は崩れ落ちる。玄関先で崩れ落ちたせいで、通りすがりの男児たちに囲まれてヤンヤヤンヤと囃《はや》し立《た》てられた。ついでに、常にいい感じの棒に飢えている男児たちによって箒まで奪われてしまう。

「終わったらここ置いとけよ！　そこらへんに捨ててくんなよ！」

走り去っていく男児らに呼びかければ、返事だけは元気いっぱい返ってきた。

そして宿主は立ち上がる。やはり個室はなくせないな、そう決意した。

「つっても貴族なお客さんたち、どうしても個室って風でもない気もする……」

呟いて、宿の中へ。

リゼルたちがアスタルニアを再訪する時、恐らく次は四人だろうか。以前、何故か行先を告げられないままに別行動をとっていたクァトのことを思い出す。

あの時は色々な意味で驚いた。無事に合流できていればいいのだが。

「呼び込みでも行こっかなー」

客がいないと暇で仕方ない。

宿主は出かける準備を整える。といっても、手作りの看板を持つだけだが。

宿の呼び込みの定番は門だ。外からやってきた人々に、宿のマークが描かれた看板を振り回しながら「今日の宿はぜひここに！」とアピールしまくるのが定石で、同じ狙いを持つ同業者とベストポジションを争い続ける熾烈《しれつ》な戦いの場となっている。

更には、ベストポジションを争う相手は同業者だけではない。

馬を預けるならぜひうちに、と声を張り上げる馬房《ばぼう》の主もいれば、長旅で喉が渇いたらぜひこれを、とアスタルニアらしさ全開のヤシの実を売りつけようとする物売りもいる。

ちなみに、宿主の勝率はそれなりに高かった。

「おっし！」

看板を手に、気合を入れて宿を出ようとした時だ。

「お手紙でーす」

「あ、どうも」

若干出鼻を挫《くじ》かれた。

郵便ギルド職員が、慣れたように専用の鞄から手紙を差し出してくる。宿主はひとまず看板を玄関に立てかけ、その場で手紙の確認を始めた。

手紙は二通。去っていく職員に労いの言葉を送りつつ、一通ずつ裏返して送り主を確認する。

「えーっと、ああ、常連さん。はいはい、部屋空けといてって連絡ね」

一通目は、父親が宿を経営していた時代からの常連客だった。

非常に律儀な相手で、毎度こうして事前に宿泊を知らせてくれる。宿主としても有難いが、こういったタイプは非常に稀有《けう》だ。超人気宿でいつも部屋が埋まっている、という訳でもないのでいいのだが。突然の来訪だろうが大歓迎。

「心配しなくても空いてまーすよ」

近くの棚から宿帳を取り出し、該当の人物のページを捲る。

もはや色褪《あ》せた紙面。その後ろには、足りなくなる度に何度も新しい用紙を差し込んでいる。

宿主は、同じ人物のページに並んだ宿泊記録を見るのが大好きだ。ニヤニヤとしながら、手紙に書かれていた予定を書きこんでおく。律儀なだけに、予定している日程がズレることもないだろう。

「で、もう一通は――……」

読み終えた手紙を宿帳に挟んで、残る一通を裏返した。

書かれていたのは、リゼルの名。喉から変な声が出た。

「き、貴族なお客さん……ッ」

まさかの相手に、宿主は無駄に宿の中をうろつきながら何度も封筒を確認する。

間違いなく、あて先は己の宿であり、差出人はリゼルだった。封筒は純白のもので、少し右肩上がりだが流麗な文字が綴られている。謎の感動を覚え、思わず両手で手紙を持ち直してしまった。

「何、何で？　俺に？」

破るのは躊躇われるが、ペーパーナイフなどという洒落たものなどない。

宿主は指先で少しずつ封を切る。封蠟《ふうろう》とか使わないんだ、と意外に思うも、そういえば冒険者だったかと思い直した。もはや何度目かという自問自答だが、いつまで経っても違和感しかないのだから仕方ない。

「そういや、前の宿の女将さんとかにも書いてたなぁ……」

突っ立ったまま、ちまちまと封を切りながら思い出に浸る。

以前に泊まっていた宿の女将にお礼状を書いたのだ、と郵便ギルドの場所を聞かれたことが懐かしい。律儀なことだとその時は感心したが、こうして貰う立場になってみると嬉しいものだ。

「お礼状、か」

ただ、少しばかり寂しい気がするなと苦笑いする。

王都の女将とやらに送る手紙に、何が書いてあったのかは知らない。だが、お礼状という響きが少しばかり他人行儀な気がしたからだ。聞く限り、随分と親しくしている間柄だったというので、余計に。

自分も、リゼルにとってそういう相手になってしまったのだろうか。

お礼状を送って、一区切り。宿の客人が元気に旅立っていったというのは歓迎すべきことだが、それはそれとしてもの悲しくなってしまうものだ。

そう宿主は悟ったような顔をして、何枚かに分かれている手紙の束を取り出した。

随分と枚数が多い。やはり格式ばった挨拶状には、季節の挨拶やら何やら、そういうものがつらつらと書き綴られていて長くなるのだろう。訳知り顔で頷いて、一枚だけ独立して折りたたまれている手紙をゆっくりと開いた。

「魚拓!!」

魚拓だった。

「え、何、あっ、端っこに釣った日付と貴族なお客さんのサイン書いてある！　しかも『種喰いワームで釣れました』とか一言添えてある！　あ、俺が教えたとおりにしたら釣れたよって報告してくれたってこと⁉　覚えててくれてありがとねお客さん‼」

動揺のままに歩き回りながら、数枚綴りで折りたたまれた手紙を開く。

こちらが本文だったようで、一枚だけ分厚いからと先に開いてしまった魚拓に、開く順番を間違えたことを悟った。わざわざ手紙の間から抜き取って開くべきではなかった。

「えーと何々……『宿主さんへ』、はい、俺ですよ。おお、やっぱちゃんとした季節の挨拶から始まってる……で、今はサルスね、成程、何処か分からんけど。へぇ、湖の上の国、え、すっご、絵本みたい……あ、だから魚とか釣れるのね、はいはい、そんで釣ったから見せたかった、と……」

ざっくり読み終わり、宿主は手紙から顔を上げて天井を見上げる。

確かに挨拶文も兼ねてはいたが、なんだか思っていたようなものとは違った。恐らく、王都の女将とやらに出した手紙も似たような感じだったのだろう。宿主の記憶が徐々に蘇ってくる。

そういえば、郵便ギルドについて尋ねられた前の日、リゼルにレシピを聞かれた気がする。

確か朝食に出したパンで、アスタルニアの朝食には定番のもの。元は船乗りのための保存食で、少し硬めに作るものだが（それでも本物よりは余程柔らかいはずだが）、リゼルは興味深そうにしながらも美味しいと言ってくれた。

その時に、作り方を聞かれた気がする。

とはいえアスタルニアでは定番の品なので、特別こうという作り方もないのだが、幾つかコツを教えた覚えもあった。その時に、このレシピを人に教えてもいいか、と聞かれた覚えも。

もしかしなくとも、そのレシピは王都の女将へと贈られたのだろう。

宿主は魚拓を眺めながら思う。これらの一体どこが、他人行儀だというのか。

「俺『お礼状、か……』とか言っちゃったんだけど」

しかも悟ったようにもの悲しげな笑みで言ってしまった。恥ずかしい。

今更ながら異様に恥ずかしい。誰にも見られてなくて良かった、と無駄に階段を上ったり下りたりしながら、さてこの魚拓はどこに飾ろうかと内装を見回した。立派な額縁とかに飾りたくなってしまう。

「にしても手紙まだあんだよな。なんだろ」

数枚の手紙が折りたたまれたものが、もう一組。

お礼状や近況報告はすでに読んでいるので、また別の内容だろうか。そう思いながら広げた手紙の書き出しに、ナハスの名前を見つけて慌てて閉じる。

「やっべナハスのじゃん。ああそっか、余所からうちに出そうと思うと制限あんのか」

アスタルニアは、とにかく他国からの来訪が困難だ。

郵便ギルドでも行き来できる職員が限られており、一度に運べる手紙の量も厳密に定められているので、大体の場合は一人一通までしか受け付けてもらえない。

よってリゼルのように複数人に送りたい場合は、一つの封筒に数人分の手紙を入れるのが一般的だ。送り先が全員既知の仲であることが条件なので、実際にそうする者は少数派だが。

とはいえ、他国からアスタルニアに送る分には比較的多い。

何故かというと、受け取り手がアスタルニアの人間だった場合、〝ここら辺に住む誰々にもう一通は渡しておいてくれ〟と書いておくと大体どうにかなる。アスタルニア国民は、少しくらい他人に手紙を読まれようが気にしない。

「ちょい見ていい？」

それは宿主も例に漏れなかった。

居もしないナハスに確認をとり、チラリと折りたたまれた手紙の端を捲る。

さてさて何が書かれているのか。ナハスへの手紙だから、他国の魔鳥情報でも書かれているのか。もしや他国の軍事機密がリゼルを通して密かにアスタルニアの魔鳥騎兵団に流れていたり……というのも熱いかもしれない。

そうニヤニヤ戯れつつ、わざとらしく細めた目でこっそりと手紙の後半だろう部分を眺め、

「……」

静かに手紙を閉じる。

断じて詳細は読んでいない。等間隔で並んだ読みやすい文章を、ひと目眺めただけだ。

ただそれだけで、宿主の目に飛び込んできた単語が幾つかある。

ナハス、殿下、情報屋、アスタルニア、腕輪、抜け道。

特に二番目がやばい。二番目さえなければ「おっ、なんだか男のロマンを感じる」で済んだものを。二番目のせいで全ての単語が不穏な信憑性を帯び、全力で宿主の心臓を殴りつけてきている。

動悸《どうき》が激しい。

宿主は一周回って表面上は冷静になりながら、無表情で手紙を封筒へとしまう。

そして、手紙を握り締めたまま宿を飛び出した。手紙を握り締める手からは冷や汗が止まらない。

「なんで俺経由すんの⁉⁉⁉」

目指すは、魔鳥バカの友人がいるであろう王宮だった。


ナハスは頭を抱えながら王宮の廊下を歩く。

向かう先は王宮の深部。ある時期から頻繁に行き来するようになり、またある時期からあまり縁のなくなった場所。並んだ柱の影が横たわる廊下を歩き、擦れ違う王宮守備兵に驚いたような顔を向けられ、辿り着いたのは半地下へと繋がる階段だった。

まるで隠されるようにひっそりとある階段の前には、一人の守備兵が立っている。

中にいる人物、この場所そのものの価値を思えば当然だろう。ナハスは守備兵と軽く挨拶を交わし、気を落ち着けるようにゆっくりと息を吐いて、そして階段の奥にある扉へと足を踏み入れた。

扉は重い。たとえ大雨に廊下が水没しようが、浸水を拒むほどに頑丈だ。

「……失礼いたします」

入室し、声をかける。

見渡す限りの書架《しょか》の海があった。それらは余白を許さないと言わんばかりに、空間を埋め尽くす。それでも尚、入りきらぬ書物が上に床にと積み上げられていた。

四方の壁も、見上げるほどの書架の崖。所々のランプにのみ照らされている空間は、良い言い方をすれば温かみのある仄明《ほのあ》かりを、悪い言い方をすれば気分の落ちそうな薄暗さを感じさせた。

痛烈な太陽の光に慣れたアスタルニア民にとっては、後者の印象が強いか。

「……」

目的の相手は、いまだ見えない。

返答もいまだ、返ってはこない。

ナハスは手にした皺くちゃの封筒を一瞥し、無意識に靴音を潜ませながらも歩き出す。

「(ここは、これほどに歩きづらい場所だっただろうか)」

思いかけ、首を振る。

そう、確かにそうだったのだ。常に気を張る必要があっただろう。

ここにいる相手を思えば当然だ。緊張という訳ではない、気が引ける訳でもない。だが、気安く訪れるような場所では決してなかったはずだ。それを、忘れていた訳ではなかった。

ただ少し前までは、ここを――書庫を訪れる理由が、とある冒険者たちだっただけのこと。

「(そうだな)」

笑みを零す。

例の冒険者たちを間に挟むだけで、我ながら随分と気が楽になっていたものだ。いい意味で鈍感、と称されたこともあるが、もしかしたらこういうことだったのかもしれない。

床に積まれた本を崩さぬよう、跨いで歩くのも何度目か。ふと、視界が開けた。

「殿下」

書庫の中央、ぽっかりと空いた空間に呼びかける。

いつかはあった机と椅子は、いまや姿を消していた。雑多に散らばっているように見える書物も、この書庫の主からしてみれば分かりやすい配置なのだという。ナハスにはいまいち理解ができないが。

捜している相手は、色鮮やかな布を纏い、いつ何時でもここにいる。

「……ナハス？」

数多の色糸が紡ぐ、美しいアスタルニア紋様。

それを幾枚も重ね、身に纏う彼こそがアスタルニア王族であり、現国王の長弟《ちょうてい》だった。

アリムこと、アリムダード。王位継承権を放棄し、しかし国のためならば蓄えた知識を惜しみなく使う。学者、と称されるほどに知識の探求に余念のない賢人であった。

床に座り込んでいる彼は、ナハスの呼びかけに意外そうに書物から顔を上げる。

「どうした、の」

「リゼル殿から手紙が届いております」

「先生から？」

ナハスは手にした手紙を渡そうとして、それが皺だらけなことに気づいた。

しまった、と一端引っ込める。加減に気をつけながら両端を引っ張り、そして力の限り両手でプレスした。

それで割となんとかなってしまう辺りに、アスタルニア軍人の逞《たくま》しさが垣間見える。

「珍しい、ね」

重なる布の隙間から、褐色《かっしょく》の腕が伸ばされた。

手首に揺れるは黄金の腕輪。ナハスは思わずそちらに視線を絡めとられる。

ナハスは既に、手元の手紙へと目を通していた。宛名が自分だったのだから仕方ない、そう誰にともなく内心で言い訳を零してしまうのは、書かれていた内容が自らの手に負えないものだったからなのだろう。

「珍しい、というのは？」

「うふ、ふ」

手紙は、布の中へと掠われていった。

そこから艶のある低い笑い声が零れることに、とっくに慣れたと思っていた。だが間が空いたせいか、なんとも奇妙な感覚を覚えてしまう。端的に言えば物凄くシュールだった。

「先生からの手紙、この前は、ハディルから来たから」

「ハ……」

ナハスは絶句した。

ハディル、ハディルダード。その名はアリムの父親のものだ。

何故ナハスがそれを知っているのか。そんなものは当たり前だ。アリムの父ということは、つまり現国王の父であるということ。つまりは、先王の名前であった。

その存在とリゼルとが結びつかない。ナハスには良くも悪くも、アスタルニアでのリゼルたちをよく知る身であるという自負、ではないかもしれないが、ともかく件の三人組が何かしらやらかす度に報告されてきたという事実がある。

よって、リゼルたちが先王と顔を合わせる機会などなかったと言い切れるはずだ。

「何故、あいつらが先王殿下と」

「先生、今はサルスに居るらしい、ね」

「そう聞いていますが」

ナハスが直近で貰った手紙にも、そう書かれていた。

ちなみに手紙には〝口にすると鳥語が話せるようになる花粉〟が同封されており、魔鳥騎兵団へと衝撃をもたらした。己のパートナーとは今更、言語を同じくしなければ意思疎通が図れないような仲ではない。それは、どの騎兵も同じだ。

だがそれはそれとして、もし話せるようになったらどうしようと一同夢見心地になった。鳥語が魔鳥までカバーしているかは分からないし、どの種類の鳥の鳴き声になれるのかもランダムだというので、あまり当てにはできないが。

結果として、未使用のままナハスの引き出しにしまわれている。

「サルスと先王殿下は、特に関わりがないのでは？」

「サルスっていうより、先生が泊まってる宿のほう、かな。元Sランクの冒険者が経営していて、その人たちがハディルと交流があったみたいだ、ね」

また癖の強そうな相手といるな、とナハスは仕方なさそうに眉を寄せる。

冒険者の最高峰に上り詰めた、リゼルたちに言わせれば先達《せんだつ》だ。冒険者がそういった考え方をするのかは分からないが、先達を見習って少しは落ち着いてくれればいいのだが。いや、落ち着きというと他の冒険者よりも余程あるのだが。

しみじみとそう考えるナハスは、先日のサルス中枢への申し立ての際、当の元Sランクが意気揚々と同行した事実など知る由もなかった。リゼルたちのことは理解しようとも、冒険者についての理解度はまだまだだ。

「先生、王宮のおれ宛てに手紙を出すにはどうするのかって相談した、って」

「まぁ……他国からここに、となると問題は多そうですが」

辛うじて同意を返す。

ナハスにしてみれば考えたこともない問題であり、そこで何故宿の老夫婦が相談相手の候補にあがるのかもいまいち理解できない。パルテダールの王都に貴族の知人がいたはずなので、普通はそちらに相談するべきではないのかと思わずにはいられなかった。

そもそも冒険者に親しい貴族がいる、というのも奇妙だが。それどころか、目の前の王族とさえ親交があるのだから今更か。ナハスはやや投げやりになった。

「そうしたら、宿の老夫婦がハディルへの直通ルートを貸してくれた、らしくて」

「そう簡単に紹介されては、前隊長たちから小言も出るでしょうに」

ナハスはなんとも言えない顔をして、己の上司である騎兵団隊長から聞いた話を思い出す。

先王の引退際には、王宮守備兵の前兵長と、魔鳥騎兵団の前隊長も退いたという。二人はそのまま、どこぞの島で隠居暮らしを楽しみたいという先王夫妻に、護衛という名目で共についていったというのだ。

実のところ、こうして軍の二大頭が国王と共に退くのは、先王以前からのお決まりらしい。そう制定されている訳でもない。暗黙の了解が強制力を持っている訳でもない。だがきっと、なるべくしてなってているのだろう。

いつの時代からだろうか、その三つの席が揃って空いたのが始まりだ。次代の王と、それに仕える者は、共に歩みを進める唯一無二の友となる。だから、退く時も共にあるのだろう。

それが今まで続いていることが、軍属であるナハスにはなんとも言えず誇らしい。

ちなみに海兵団の頭はいつの時代も自由で、大抵は死ぬまで船に乗り続けるようだ。今の海兵団のトップも、前国王の治世の半ばから頭を張り続けている猛者《もさ》だった。

「ナハスは、あの三人が揃っているところを見たことないんだ、ね」

「そういえば、直接顔を合わせたのはうちの前隊長くらいでしょうか」

「そう」

アリムが笑う。

「あの三人は共犯者みたいなもの、だよ」

つまり、小言などあり得ないと言いたいのだろう。

ナハスは渋い顔で黙り込んだ。ただの名目とはいえ、護衛として隠居に同行しているのだからと思わずにはいられない。いや、本当に心の底からただの名目だっただけなのだろうが。

「それで、この手紙」

「はい」

「郵便ギルドから？」

「はい。受け取ったのは、俺とリゼル殿の共通の知人ですが」

「知人、ね」

「殿下も会ったことがあるかと。彼らの泊まっていた宿の主人です」

布の塊が小さく動いた。

納得し、頷いたのだろう。アリムもナハスも、郵便ギルドの配達数制限のことは知っている。

何故かというと、アスタルニア王族はプライベートの手紙を出すのに、普通に郵便ギルドを利用するからだ。一日に一回、郵便ギルドの職員が集荷に来てくれる。利用しているのはほとんどが王宮勤めの人間だが、時々普通に王族が交じって手紙を出したりしていた。

ちなみに公的な文書の場合は、速い・安全・手続き要らずの騎兵団が駆り出される。

「それで、内容ですが」

「うん、読んだ、よ」

どうしたものか、とナハスは仕方なさそうに眉を寄せる。

手紙の内容は要するに、サルスの要人に会うために腕輪を使っちゃいましたというものと、いい情報屋を見つけたので紹介できますよというものだった。手紙自体はナハス宛てなので、それらをアリムに伝えてほしいという文言も添えて。

それらはいつもの挨拶文と近況報告の最後に、しれっと書かれていた。

「全く、あいつはいつも突拍子がない」

「そう、だね」

「大体、情報屋なんていう怪しい人間に近づくなとあれほど言っただろうに」

「先生にとっては、怪しさよりも有益かどうかが重要なのかも」

「それは、そうかもしれませんが」

思わず零した愚痴《ぐち》にも、アリムは少しばかり楽しげにしていた。

決して口数が多くなく、興味を引かれない相手は平気で袖にするアリムが会話に応じるのは、きっと話題のおかげなのだろう。応じるだけで、決してナハスに同意はしてくれないが。

アリムは特に、自由にしているリゼルこそ観察し甲斐があると考えている節がある。

なにせ学者の通称に恥じず、興味を惹かれたものの探求には貪欲だ。自身の予想しない結果をもたらす存在が、興味深くて仕方ないのだろう。ナハスの説教からリゼルを庇うことも多々あった。

それは甘やかしている訳ではなく、許しているというほうが近いのかもしれない。

「それに、おれに紹介するくらいだから怪しくもないはずだ、よ」

「怪しくない情報屋、というのも想像できませんが」

ナハスは怪訝そうに告げ、手紙の内容を思い出しながら溜息をつく。

「手紙に書かれている情報屋の特徴が〝抜け道に詳しい〟だけというのは……やんちゃな子供みたいな書き方をされては逆に、他になんらかの大きな問題がある奴なんじゃないかと勘繰《かんぐ》ってしまうものでしょう」

吐息のような笑い声が、ナハスの眼下から零される。

「先生が、そこを見落として紹介することはないと思う、けど」

布の間から伸びる腕に、手紙を差し出された。

ナハスはそれを受ける。ナハス宛てだから、と返してくれるようだ。

「情報屋については王と相談、かな」

「腕輪についてはいかがしますか」

「あれは先生にあげたものだし、どう使おうかも自由だから、ね」

布の隙間に隠れかけた腕が、再びナハスへと伸ばされた。

金の腕輪が擦れ合う音がする。その指先が、ナハスの持つ手紙をゆっくりとなぞった。

「それでも先生は、お礼、してくれたけど」

「ああ、情報屋を」

「う、ふふ」

蠱惑的な笑い声を最後に、アリムは何も語ろうとはしなかった。

その晩、ナハスは久しぶりに宿主と宿《いえ》飲みしていた。
ちなみに宿主からの呼び出しだ。彼は昼間、王宮でナハスを呼び出した時、封筒を押しつけて
「覚えてろよお前！　後で宿屋裏来い！」と叫びながら走り去っていった。
ナハスはその後、それを見ていた門番に果たし状でも渡されたのかと心配されたし、向かった先

の宿屋には普通に玄関から入った。

「それにしても、あの去り文句はないだろう。俺が嫁でも奪ったのか、なんて聞かれたんだぞ」

「しょうがねぇだろ俺の本心でしかねぇんだから」

「お前については パートナー募集中だと説明しておいた」

「やめろそういうの！　欲しいけど！」

宿主が飲んでいたエールをテーブルに叩きつける。

外飲みに、という案も出たが、話の内容が内容なので迂闊《うかつ》に誰かに聞かれる訳にもいかない。結果、宿主は自分のざわついた心を静めるために、自分で酒を準備し、自分でツマミを準備し、自分の宿のテーブルを手荒く扱うことになっていた。

一応ナハスも、こうなるだろうと予期してツマミを手土産に持ってきている。

「で、よ」

「ああ」

宿主の顔から表情が抜け落ちる。

「俺死ぬ？」

「どうした」

「だってなんか……手紙見たし……情報屋とか……」

「人の手紙を勝手に読むな」

「すまん」

ナハスの正論に、宿主も深く反省したようだ。

テーブルに置かれたツマミが、献上するかのように押し出される。とはいえナハスは食べずとも飲めるタイプであるので、それほどはいらないと押し返しておいたが。

「まぁ、リゼル殿からの手紙は見られて困ることも書いてないが」

「え、じゃあ情報屋とか抜け道とか」

「随分しっかり読んでいるな」

「違うんだって、なんかピンポイントで俺の目がさぁ！」

嘆くようにテーブルに突っ伏す姿は、嘘をついている訳でもなさそうだ。

ナハスもアスタルニアの男。今回のように内容が微妙でなければ、そもそも多少読まれようが気にしない。溜息をつく代わりにエールを口にし、呆れたように言葉を続ける。

「今回の手紙も気にしないでいい。殿下に伝えてくれ、という程度だからな」

「王族への伝言を掠《かす》め取った俺」

「それについては反省しろ」

「心底してる」

「ならいい」

ナハスはあっさりと結論づけた。

宿主が言いたいのは、不敬罪やら機密保持やらだろう。自分が知ってはいけない情報を知ってしまった、だから消されるかもしれない、そう妄想して戦々恐々としているのだ。

そんな物語のようなこと、まずないだろうに。少なくとも王宮勤めのナハスでさえ、そんな物騒なことは噂にも聞いたことがなかった。どうせ、最近流行りだという小説の影響を受けただけだろう。

「安心しろ。そもそも公式な文書でもない、リゼル殿からの手紙だぞ」

「そういやあれ、冒険者から知り合いへの手紙だった」

「そうだろう、知られるだけで危険のある情報を普通の手紙に書くなんてこと」

ナハスはぴたりと言葉を切った。

思い出すのは、リゼルたちと初めて会った時のこと。アスタルニア入り直前に、マルケイドを襲った大侵攻の真相をいきなり暴露された。暴露されたというよりは、リゼルたち三人が普通に会話のネタにしているのを近くで聞いてしまっただけなのだが。

情報の扱いに慣れていない、とは思えない。普通の冒険者相手なら思ったかもしれないが。ならば敢えて聞かせたのか。それはあり得るかもしれない。とはいえ謀略などではなく、サルスは深読みしそうだけど全然違うよってアスタルニア上層部に伝えておいてね、くらいの気軽さで。

「ナハス？　なんでそんな変なとこで切った？　何？　怖い話？」

「まぁ……大丈夫だろう、多分」

「怖すぎるから大丈夫の根拠くれ」

「あいつらはまぁ、できると判断した相手に容赦ないからな」

「できるって何が？　あ、殺せるの言い間違い？」

「落ち着け」

もはや何も信じられない目をしている宿主に、ナハスはエールを注ぎ足してやった。

宿主がそれを勢いよく呷《あお》る。注ぎ足す。呷る。注ぎ足す。呷る。そういう魔道具のようだ。

しかし体に悪い飲み方だなと、ナハスは注ぎ足すのを止めた。震える手で手酌《てじゃく》する宿主を一瞥し、
ナハスは自らが土産に持ってきたナッツの殻《から》を剝《む》く。

「あの三人に似ているところがあるとすれば、人を使えるところだろう」

「まぁ使われる側じゃないことだけは確かだけど」

「リゼル殿は言わずもがなだな」

「そういやデフォルトすぎて使い慣れてそうとか逆に思ったことないわ」

「そうだろう」

今頃リゼルはくしゃみでもしているだろう。

「一刀なお客さんも？」

「人を使いたくないのと使えないのでは、また別だと思うぞ」

「えー……孤高すぎて想像できなすぎる」

「リゼル殿にも、ああしろこうしろと意外と言うからな」

「そういや貴族なお客さん素直に聞いてた気がする。あ、だからか」

リゼルが疑問も覚えず指示に従う程度には、ジルも人を使えるということだ。

納得したように頷いた宿主が、ナハスが剝いたナッツに手を伸ばしてくる。皿をずらして避けた。

自分で剝けないならばまだしも、殻が硬くて剝きづらいというだけだろう。

確かにやや硬めではあるが、味はいい。ナハスの気に入りのツマミだ。

「獣人なお客さんはー……あ、できる、想像できる。なんか下っ端とか顎で使いそう。暇だからなんかしろ、とか平然と言えそう。俺は言われたことないけど」

「下っ端というなら、パーティ内では本人がそうらしいが」

「お、マジ?」

「最初はリゼル殿と一刀だけだったらしいな」

「へー」

余計な被害が出ないようで何よりだ。

いや、クァトには出ていたが。彼がリゼルたちのパーティに入るという話を、ナハスは一度も聞いたことがない。にもかかわらず、イレヴンからの当たりは強かった。

宿主の予想ではないが、たとえクァトがリゼル誘拐に関わっていなくとも、パーティに新入りとして入ってきていたらイレヴンに苛められていたのではないか、とナハスは考えていた。

そんなクァトも、今では立派にイレヴンに言い返せるようになっているのだが。

「で、俺の何が大丈夫って？」

「ああ、それでだ」

ナハスは剝いたナッツを幾つかテーブルに転がしながら告げる。

「あいつらは、相手が何をできるのかをシビアに判断するだろう」

「ん？　あー……そうか？　見る目厳しいとか思ったことねぇけど」

「厳しくはないんだろうが」

思案しながら、剝きたてのナッツを摘んだ。

嚙《か》み砕けば、独特の風味が鼻の奥に広がった。恐らくウイスキーなどが合うのだろうが、魔鳥騎兵団の給料もなかなかに世知辛《せちがら》い。いや、それなりの給料ではあるし、魔鳥と共に過ごす関係で結果的に衣食住完備となっているが、その魔鳥関係で出費が嵩《かさ》むのだ。

手入れ道具は用意されているも、己の魔鳥がそれを良しとするかは別。餌《えさ》は持ち回りで狩りに行くものの、それぞれが好む嗜好品などは別。それらは決して義務ではなく、各々自発的にパートナーにしてやりたくてやっている。

ナハスもまた、己のパートナーが好む花（食用）などを贈っては幸せな日々を過ごしていた。

「シビアな判断っていうのは、あいつらの基準でって訳じゃなくてだな」

「おう」

「そうだな……例えば俺がリゼル殿として」

「む、無理がある……っ」

「例えばだ」

慄《おのの》く宿主に、我ながら微妙な例えだと思いながらも話を続けた。

まだ剝いてないナッツを摘み、宿主へと差し出す。

「俺にこれを剝いてくれ」

「どんな状況？」

「リゼル殿が独力で殻を剝けなかった状況だ」

「はい残ねーん！　俺が貴族なお客さんにナッツ出すなら絶対もう剝いてありまーす！」

「いいから剝け」

「はい」

宿主は黙々と殻を剝く。

ナハスの二倍の時間がかかったが、なんとか指先の力を総動員して剝ききった。

「剝いたけど」

「それだ」

「はぁ？」

訳が分からないとばかりの宿主に、説明が難しいなとナハスは顔を顰めた。

「リゼル殿は殻を剝くように頼んだだろう」

「まぁ完全にお前でしかなかったけど」

「ただ、リゼル殿はお前がこの殻を剝いたのを一度も見たことがない」

「今回の場合はね、はいはい」

「だが、お前に剝けるかどうかは聞かなかった」

「お客さんの目には俺が屈強に映ってるかもしれないだろうが！」

「儚い希望に縋《すが》るな」

た。

「お前……ほんとお前……」

ちなみに宿主はナハス相手に腕相撲全敗中だ。

働き盛りのアスタルニアの男、実はそれだけでリゼルにしてみれば逞しい印象を受けるのだが、アスタルニアでは標準体型である宿主と、軍人としてしっかり鍛えているナハスは知る由もなかった。

「それでもリゼル殿は、お前が殻を剝けると判断した」

「実際剝けるし。剝けたし」

「そう、だから俺たちは気づきにくいんだ。だが頼まれた時点で、それはできる」

「あー……分かったような分からんような」

ナハスは残るエールを飲み干した。

ナハスとて、リゼルたちのことを完全に把握している訳ではない。把握できる人間などいるのか、とすら思っている。それでも少しだけ、他人よりも分かっていることがあった。

「だから、まぁ、手紙もお前なら変に他言することはないと信じて手紙を預けたんだろう」

「貴族なお客さん……っ」

何故か宿主が、壁に飾られている魚拓へと感謝を告げている。

それを訝しげに眺めながら、さりげなく手紙の内容を他言無用だと伝えることができたナハスは、密かに安堵しながらエールを注ぎ足すのだった。

馬車が来るころには普通に起きてる

迷宮〝不可視の迷路〟は、なんやかんやでいろいろなものが透明になってしまう迷宮だった。まず初めに迷宮への扉。このへんにある、という情報を元に探さなければならない。これはもはや大侵攻を起こしたいのでは、と冒険者ギルドは遠い目をするも、幸いなことにこの迷宮を発端とした大侵攻は一度もなかった。

リゼルたちもまた、冒険者ギルドにより提供された地図を手に馬車乗り場に向かった。幸い、以前にも同じ迷宮を訪れたことがあるという御者に助けられ、リゼルたちは無事に迷宮に入ることができたのだが。

「なんか違和感ある」

「光源が透明なんですよ」

「あ、それだ」

三人が足を踏み入れたのは、石造りの広い通路だった。

等間隔に金属製のかがり火台があるものの、そこに炎は見えない。けれど確かに明かりは存在し、時折揺らめいては視界を揺らしている。

「見えねぇだけか」

「熱いですか？」

「ああ」

かがり火台の上、炎があるはずの場所をジルが手で扇《あお》いだ。

通路に灯る明かりが大きく揺れる。そして実際にジルは熱を感じたらしい。

幸いにも通路は広く、動き回って誤って接触するということはなさそうだが。

「これ、魔物も透明だったらどうしましょうね」

「石造りだし、音は消されねぇんじゃん？」

「影が見えんなら有難《ありがて》ぇな」

「そのための明かりでしょうか」

流石に魔物が見えないのは厳しすぎる。いやいや深層なら有り得る。

そんなことを話しながら、三人は通路の先へと進んでいった。


途中、床が消えた。

宙を歩いているような、奇妙な違和感はあったものの、慣れれば普通に歩くことができた。

ちなみに床が透明になったお陰で、床に仕掛けられていた罠が丸見えだったこともある。助かったが、迷宮的にそれで良かったのかと三人は思わないでもなかった。


そして魔物はやはり、透明であった。

ただし、透明な体の上から布を巻いていたり、殻を纏っていたりと完全に見えないことはなかった。飛び道具は視認できたため、急所を狙いづらい以外に支障はない。

他のパーティではそれがネックになるかもしれないが、ここには破壊力抜群のジルと、獣人の本能なのか何なのか的確に急所を狙いつづけられるイレヴンがいる。リゼルが完全な透明化を牽制しつつ、二人ががっつり攻撃する戦略でなんとかなっていた。

そうこうしつつも、迷宮を楽しんでいた三人だったが。

「つかニィサンいなくね？」

「え？」

「いねぇのはてめぇだろ」

「は？」

ジルとイレヴンが透明になった。

リゼルからしてみれば、なんの前触れもなく歩いている時に突然消えた。消えた者同士も互いを認識できていないようだが、不思議なことに二人からはリゼルが見えているらしい。

リゼルは周りを見渡した。

床はある。壁もある。炎もある。

あるはずなのに見えないものは、ジルとイレヴンだけだ。

二人の影だけが、石造りの通路に伸びている。この光景はなかなか怖いかもしれないな、とリゼルはなんとなく思った。ホラーが苦手な冒険者だったら、きっと恐怖に逆ギレしていただろう。

「体に異変は？」

「ねぇ」

「なァい。リーダーどこ見て喋ってんの？」

「影で動きが分かるな、と」

「は？……え、怖」

やはり怖いは怖いらしい。影だけが存在する、というのは絶妙な不気味さがある。

それにしても、とリゼルは思案した。

「二人共、その、服はありますか？」

「これで全裸だっつったらどうすんだよ」

「毛布でも羽織ってもらおうかな、と」

「着てる着てる、武器もある」

これまで出てきた魔物たちは、何かしらの外殻を纏っていたからこそ視認できた。

その法則を考えれば、万が一があるのではないかと思ったが無事のようだ。一応、影を見て大丈夫だろうとは思っていたが、迷宮では何が起こっても不思議ではないのだから確認は必須だ。

「とりあえず進むぞ」

「原因は何でしょうね」

「条件とか？　剣持ちが透明になるーとか」

絶妙な空気の読み方をする迷宮ならばあり得そうだ。

目的は、近接武器同士の同士討ちだろうか。それとも、遠距離武器に近接武器を誤射させるためだろうか。どちらにせよ、戦闘ともなれば混乱必須の罠だろう。

通路には二人分の足音が響いていた。一人分足りないのはいつものことだが、こうなると本格的に、イレヴンが存在しているのか分からなくなってしまう。

「イレヴン、いますか？」

「いるよ」

「てめぇ足音出せ」

「えー……逆にムズいんだけど」

ジルもイレヴンを見失いかけていたらしい。

リゼルには分からないが、そもそもイレヴンの気配は感じとりにくいのだという。存在感がないのではない。自らの存在感を、周囲と馴染ませるのが得意なのだと聞いたことがあった。

獣が狩りの瞬間、襲いかかる直前まで姿を隠すのと似たようなものなのだろう。

どれほどの巨体であろうと、たとえ獲物から見えていようと、自らを脅威と思わせない。それが身についているのだという。ただ気配を消されるよりも分かりにくい、と以前ジルが嫌そうに告げていた。

「こうしてると、一人で歩いてるみたいですね」

思い出す光景がある、と言うのは意地が悪いか。

リゼルは微笑み、ジルがいるであろう斜め前を見た。靴音で位置が把握できないか、とは思うが、石造りの通路では音が反響してしまっていまいち把握しきれない。

「自分の手元は見えますか？」

「……そういや見えねぇな」

「は？……うっわ、ガチだ。抜いた剣も見えねぇ、やりづら」

これは思ったよりも難度の高い罠なのではないだろうか。

剣を振ったら仲間が斬れていた、など洒落にもならない。とはいえ、ジルとイレヴンに関しては然程《さほど》心配していないが。

プライベートだろうが腰に下げていないと落ち着かない、と剣を持ち運ぶ二人だ。使い慣れた剣など己の腕の一部となっているはずだろう。恐らく。そうだと信じたい。

「絶対近寄んなよ」

「つってもニィサン見えねぇし」

「てめぇ音しねぇから俺は離れようがねぇだろ」

「そこはニィサンの人外パワーで上手いことやって」

「具体的に何をどうすんだよ」

「つかニィサンは俺にちょっとぐらい斬られても平気だけど俺は死ぬから」

「おい」

なんだか心配になってきたな、とリゼルは苦笑する。

こうなると、普段から連携を意識していないことが仇となった。普段のスタンスは〝なんかいい感じに頑張る〟というものなので、お互いに相手の邪魔をしない程度に好き勝手やっている。

いや、それでもジルたちはある程度の戦闘はこなしてみせるだろう。

リゼルが心配なのは、その〝ある程度〟という部分だ。二人はきっと、多少相手のことを斬ろうが気にしない。斬られても、まぁ戦闘ではそういうこともあるだろうと、やはり気にしない。

冒険者には一定数、いや結構な割合いでその手の人種がいるのだ。だが、それはリゼルが嫌なので。

「戦闘になったら俺の右手側をジル、左手側をイレヴンに頼みますね」

「あ、分かりやすい」

「中央あたりは俺が撃ちます」

「迷ったら俺が斬るぞ」

「りょーかい」

今現在の立ち位置から左右を割り振ってみたが、合っていたのだろう。

通路に響く靴音が、右に左に位置を変えるような音は聞こえなかった。とはいえ一人分の足音は、やはり全く聞こえないのだが。もはや足音を消すのが癖になっているのか、先程までわざと立てていた音も消えている。

「イレヴン、いますか？」

「いるいる」

「もう歌でも歌っとけ」

「やべぇ奴じゃん」

話していると、ふいに足音が増えた。

音は前方から聞こえてきている。早めに戦闘面の話し合いを済ませておいた甲斐があった。

「お、来た」

「見たことねぇやつだな」

石造りの床を、蹄鉄《ていてつ》が踏む音がする。

それは鎧《よろい》を纏った馬だった。頭部、脚部、胴体、それぞれに金属製の装備がついている。

兜《かぶと》には鋭いツノがあり、尾には細かい鎖が編み込まれているが、やはり鎧が馬を模《かたど》っているだけで生身の部分は窺えない。だが確かに、一見すると重装備の馬だった。

ただし脚は八本ある。

「アレ馬？」

「タコの可能性もありますね」

「変身失敗したスライムじゃねぇの」

四対八つの蹄鉄が気になって仕方ない。

いや、脚すらブラフで鎧が本体かもしれない。馬の形をした何かかもしれない。

透明である限り、その正体が何なのかは誰にも分からなかった。非常に気になる。

「三頭かァ……三頭であってる？　二かける四かける三とかある？」

「動きからして三頭だろ」

流石は冒険者最強、とリゼルは感心した。

確信のある声色からは、これまで目にしてきた魔物の数が膨大であると伝わってくる。

「三頭だし三人で分ける？」

「いえ、予定どおり行きましょう。作戦として合ってるか知りたいですし」

「分かった」

蹄鉄の音は徐々に早く、大きくなっている。

重厚な鎧が、真っすぐにこちらをめがけて駆けてきていた。それに対し、まずはジルとイレヴンが迎え撃とうと前方へと駆け出して。

「怖《こ》ッッッッわ!!」

ジルが担当したであろう魔物の鎧がひしゃげると同時に、イレヴンが叫んだ。

「耳元にすっげぇ風圧来たんだけど！」

「当ててねぇだろ」

「当たってはねぇけどさァ！　こっちが斬られるかと思った！」

「そんなスレスレで振ってねぇよ」

「見えねぇんだよ俺には！」

イレヴンの怒鳴り声が近づいてくる。

どうやらこちらに合流して、戦闘はジルに丸投げすることにしたらしい。ジルもそれを察したのか、魔物を一人で相手取り始めている。見えないが。鎧がどんどんひしゃげていくので恐らくそうだろう。

「あー……ビビッた、首跳んだかと思った」

「作戦失敗ですね」

「や、慣れりゃいけんだけど」

リゼルの肩に何かが触れる。

イレヴンが肩を合わせてきたのだろう。いつものように撫でてやろうと、大体の位置に手を持っていけば、イレヴンが頭を後ろに倒したのかもしれない。後頭部が手のひらに触れた。

「何してんだそれ」

「お疲れ様です。今はイレヴンを撫でてます」

「そこにいんのか」

魔物の討伐を終えたジルが、空中で掌を動かしているリゼルに怪訝そうな声を上げる。

「音だけでビビんじゃねぇよ」

「ニィサンがのびのびと大剣振り回してんのが問題あると思う」

「いつもと変わんねぇだろうが」

流石のジルも、今の状況では慣れている剣以外を使う気はないようだ。

使えなくはないようだが、より確実な手段をとりたいのだろう。迷宮も中層を過ぎ、魔物も手強くなってきている。ジルは絶対的な強者だと確信をもって言えるが、それでも決して迷宮を甘く見たりはしないのだから。

「大丈夫ですよ。ジルは絶対、イレヴンのこと斬らないので」

「腕が悪いとは言わねぇけどさァ、本能捻《ね》じ伏せてまで信じられるかっつうとムリ」

「慣れろ」

「ムリ」

そうしてイレヴンは無理無理言いつつも、なんとか戦闘をこなしていくのだった。

ちなみにリゼルだが、二度ほど撃った弾が明後日の方向に曲がったことがあったので、恐らく二人を後ろから誤射したものと思われる。撃ったほうがいいかどうか、という微妙なラインの時もひとまず撃っていたのでその中のどれかだろう。

自分の攻撃を容易にいなしてくれる、そんな実力のある二人とパーティを組めていることに今日も感謝だった。


透明で全く見えない魔物はいないな、と安心していたらボスがそうだった。

石造りの通路を通りすぎた先には、しとしとと雨の降る庭園があった。足元は苔《こけ》むした石畳、それが広く円形に敷き詰められている。

その範囲の外は、深い森だった。ただ、森との境目には鉄柵が張りめぐらされている。

実質、動き回れるのは石畳の上だけだと考えていいだろう。庭園とはいうが、植物は苔と、鉄柵に絡みついた花のない蔓《つる》しかない。雨の中、鉄柵に吊るされたランプだけが消えもせずに灯っている。

「いる、ことは分かるんですけど」

「何だこれ」

「景色的に鳥とか？」

三人の目の前では、雨が奇妙な跳ね方をしていた。

そこに何か巨大なものがある。そういった輪郭《りんかく》を描くように、雫が空中で跳ねているのだ。実際に地面を見れば、両手を広げた大人二人分くらいだろうか。その直径を持つ円形、その範囲がまったく濡れていない。

上から見れば円形、横から見れば雫型に似た何かがそこにいた。

「影とか見ると、全然動いてねぇし」

「いきなり襲ってこないのは親切ですね」

「つうことはカウンター型か」

「待ち伏せだとー……トレント？　形違う？」

「違ぇだろ」

ボスが動かないことをいいことに、三人は謎の物体の周りをぐるぐると回る。

どの角度から見ても雨ごしの輪郭は変わらない。円錐《えんすい》、というには丸みがある。

リゼルは改めて、周囲を見渡した。整えられた庭園には、花だけが見当たらない。

「イレヴン、花の匂いってしますか？」

「ん？　あー、雨だから分かりにくいけどするかも」

「じゃあ蕾《つぼみ》か、これ」

「雨じゃなきゃ燃やせたのに」

三人は集まり、改めて蕾（暫定《ざんてい》）を見上げた。

実のところ、完全に透明な敵とは戦いたくなかった。戦いにくい、という理由が一つ。そして何より、何もない（かのように見える）ところに剣を振るう自分の姿を想像すると、非常にシュールだなと思わずにはいられなかったからだ。

どうしよう、などと視線を交わす。

「どちらにしろ、透明なボスを相手取るのは無茶ですよ」

「つっても何すりゃ見えるようになるか分かんねぇし」

「何かぶっかけるか」

「何を？」

「絵の具なんて持ってないですしね」

「お前迷宮品で出してねぇの」

「出しませんよ、失礼な」

ジルは何が失礼だったのかいまいち分からなかった。

三人は濡れながらも、あれはこれはと提案を上げていく。雨に濡れようが、不思議と肌寒さは感じない。これならば動きが鈍ることもないだろう。

「砂とかかけてみる？」

「蕾開いたら落ちんだろ」

「できれば少し粘度があって、雨でも流れにくいような」

リゼルは何かを思い出したように言葉を切った。そして自らのポーチを漁る。

何かあったか、とジルとイレヴンが眺める中、姿を現したのは高級そうな瓶が二つ。

「これ、使っていいですか？」

イカ墨だった。

ちなみに一度、宿の老婦人にイカ墨パスタを作ってもらったので開封済みだ。

イレヴンはボス素材をぶちまけるのかと思ったし、ジルはイカ墨の匂い漂う中で戦うのかと思った。とはいえ、リゼルの提案以上のものは思い浮かばない。

「まぁいっか、もう食ったし」

「剣についたら取れんだろうな」

まぁいいか、と二人は結論づけた。

なぜならジルは元々ボスとの戦いが最優先。雨も降っていることだしイカ墨臭さも大したことないだろうと判断した。透明なボスを相手に剣を振るよりも大分マシだ。

そしてイレヴンも食材としては大してイカ墨が好きという訳でもない。一度食べたら十分で、開封済みの使いかけを売却して金にするのも、想像するだけでなんだか嫌だった。

「どうやってかける？」

「満遍《まんべん》なくかけたいですよね」

「魔法でどうにかできねぇのか」

「イカ墨を操る魔法に心当たりがなくて」

三人は結局、ジルがなるべく高く瓶を投げ、そこをリゼルが撃ち抜くことにした。

リゼルにしてみれば当たるかどうかは賭けだが、他に方法もない。ジルやイレヴンが何か投げても瓶は割れるだろうが、可能な限りボス全体にイカ墨が降り注いでほしいのだ。

ならばリゼルの銃、火の魔力を用いた爆発を利用するのが手っ取り早い。

「当たらなかったらすみません」

「外したらまた投げりゃいいだろ」

「俺が綺麗にキャッチしたげる」

「頼もしいです」

そうして、ジルがイカ墨の入った瓶を高く投げる。

瓶はやや回りながら、蕾の真上で上昇を止めた。落ちる寸前、動きを緩やかにした瓶をリゼルが撃ち抜く。見事に命中し、軽い爆発音と共にイカ墨が飛沫《ひまつ》となって広がった。

その時にはリゼルたちは全力で逃げていた。誰も頭からイカ墨を被りたくはない。

「成功しました？」

「したしたッ」

「おい、行くぞ」

リゼルの魔力防壁でしっかりとイカ墨を防ぎながら振り返る。

そこには黒に染まった雨が降りそそぐ光景があった。それを受け、徐々に全貌を表していたボスがゆっくりと動き出す。予想どおり、そこにあったのは大きな蕾だった。

花弁が波打つようにしながら、徐々に外へと開いていく。酷く肉厚な花弁だった。

根本からは二本の蔓が伸び、地面を滑るようにのたうち回っていた。石畳に落ちた黒色がまとわりついて、その動きがよく見えた。表面に細かな棘《とげ》が無数にある蔓だった。

そして花の中心から、透明な何かが静かに体を持ち上げる。

「もう一回」

「はい」

ジルの声。同時に、最後の瓶が空中へと放り投げられる。

リゼルが銃を構えた。だが、それを撃ち抜くことはなかった。瓶に反応した蔓が、薙ぎ払うように瓶を叩く。

割れた瓶から黒が散った。あのままでは何にもかからず地面に飛び散るだろう。

リゼルはストックしていた魔法を発動。庭園に風が吹き荒れ、あらぬ方向にまき散らされそうになっている黒を押し戻す。元々、狙いがずれた時用に準備していた魔法だ。

暴風雨のように吹き荒れた飛沫が、開花したボスへと打ちつけられた。

「お、かかった。リーダーナイスー」

「ナメクジに似てんな」

巨大花の中央で露わになった輪郭は、既知の生き物に例えるならばアメフラシに似ていた。

本来は何色なのだろう。今は半透明の黒にまみれ、まるで絵本の挿絵から抜け出してきたかのようだ。絵本というには、その全容はややグロテスクではあるのだが。

「イカ墨が雨で落ちるまでがタイムリミットです」

「りょーかい」

「毒あんのか」

「あるかも」

時間制限があるのも悪くない、とジルたちはボスへと駆け出した。

途端、襲いくる蔓を斬り捨てる。何か違和感があった。植物の蔓を斬った感触ではなかったからだ。

「あ?」

「なんか出てきた!」

更に切り口から、赤紫色の液体が流れ出てきた。

同時に、リゼルの銃もボスの本体らしき部分を削る。花弁の中央で蠢《うごめ》く軟体からも、赤紫色の液体が飛び散った。これらは恐らく体液なのだろう。

それが花弁からも溢れたということは、つまり。

「花も本体だったみたいですね」

「これ全部肉ってこと?」

「蔓じゃなくて触角か、これ」

透明なせいで色がないので、なんとも言えず分かりにくい。

ならば最初の蕾形態は何だったのか。全身を殻で覆った防御態勢だったのだろうか。

「イカ墨がなくても、こうして少しずつ傷をつけていけば見えたんですね」

「地道だよなァ」

「飛ばせたんだからいいだろ」

ボスは斬られた触角を縮こませ、まるで風に靡《なび》いているかのように軟体を震わせる。

ボスにしては早々に気弱だな、などと油断する者はいない。こういうのは大抵、何かしらの前触れだ。三人が眺めている前で、ボスはエラともヒレともとれる部位を波打たせる。

花弁らしき身を縮め、そして。

「魔法、来ます」

リゼルの言葉から幾らもせず、それは完成した。

軟体で包み込むかのように光が圧縮。まるで雨雲を晴らすかのような光――魔力塊が、線となって三人を射抜こうとする。ほんの数秒のできごとであった。

リゼルが咄嗟に防壁を張る。防げたのは、僅かゼロコンマ数秒ほど。

だがリゼルの優秀なパーティメンバーにはそれで十分だった。防壁を貫いた光線が、ジルの構えた大剣によって逸らされる。それは鉄柵にあたり、巻きついていた蔓を焼き払った。

「柔らかいと思ったら魔法系かよ！」

「しかも特化型のな」

「ここまでの魔法特化は初めてですね」

花弁のような軟体の先端、その一つ一つに魔力が宿り始める。

ボスは花弁を閉じるかのように、煌々《こうこう》と照る魔力を一つに纏めた。膨大な力の塊に肌が粟立つ。

体内魔力でさえ影響を受ける、それほどの魔力量が今まさに襲いかからんとしている。

「魔法は俺が防ぎます」

「できんのか」

「できないなら言いませんよ」

「一秒もたなかったろ」

ジルはただ、事実を言っただけだ。

だからこそリゼルも微笑む。なんとも冒険者らしい、自信に溢れた笑みだった。

「帰りは頼みますね」

つまり、限界まで魔力を使うからよろしくね、という意味だ。

「あ、来る」

イレヴンの声に、三人は揃ってその場にしゃがんだ。

頭上を光線が横向きに薙ぎ払っていく。当たればただでは済まないだろう。それでも、しゃがみながらもリゼルはジルへと視線を向け続けていた。

諦めたように溜め息をつかれる。

「先に限界来たら言えよ」

「はい」

「やり、早く終わる」

魔法特化は、どれだけ早く魔法を掻い潜って相手を倒せるかが鍵だ。

何故なら、魔力不足を誘うにはよほどの長期戦を覚悟する必要がある。それも大抵は、ジリ貧になって負けるケースが多い。ジルも普段一人で迷宮に潜っている時、魔法特化を相手にする際には、腕の一本を犠牲にする覚悟で距離を詰めているのだ。

手っ取り早く終わらせるには、リゼルの案に乗るしかない。

イレヴンもリゼルが無事であるという大前提の元なら、即決で早くケリがつくほうを選ぶだろう。

つまりは提案された時には、すでに二対一の構図ができていた。

「リーダー自分の守り最優先ね」

「俺らはどっちか残りゃいい、間違えんなよ」

「分かりました」

とはいえジルもイレヴンも、致命傷を負う気はさらさらない。

よってどっちか残ればいいというのは、無理そうなら引くから気にするなという意味だ。

リゼルもそれを正しく受け取っているからこそ、素直に頷いている。

「受け止めきれないと思ったら逸らしますね」

「十分だ」

「あいつ弱点どこ？」

「知らねぇよ」

「上でぐねぐねしてる部分の、中心すこし上くらいが魔力の中心です」

その言葉に、ジルとイレヴンは地面を蹴った。

そして今、リゼルはジルにおんぶされていた。

「出しきりました」

「すっげぇ満足そう」

「寝んなら寝ろ」

勝負に出てからは早かった。

四方に放たれる光線。それをリゼルが止め、逸らし、それらを掻い潜ってジルたちが斬る。

言ってしまえばそれだけのことだが、ミス一つで重傷は免れない。そうそう使えない膨大な魔力と、多大な集中力を要する作業に、リゼルの頭は頭痛を通り越していっそ冴えわたってさえいた。

ややハイになっているともいう。この後訪れるだろう反動から目を逸らしているともいう。

「ジルとイレヴンは、流石ですね」

イメージと違う動きを数ミリでもすれば、怪我は免れない状況だっただろう。

それでも二人揃ってやり遂げてみせたうえ、こうしてピンピンしているのだ。冒険者としての年季の違いを感じてしまう。潜り抜けた修羅場の数が違う、というやつかもしれない。

「おれも、すぐに」

「リーダー寝る？」

「馬車までもたねぇな」

早くも眠くなってきた、とリゼルは素直に瞼を閉じる。

我慢しようと思えばできるだろうが、今はそうする必要もないだろう。少し眠れば、空っぽの魔

力も多少は回復するはずだ。使ったら疲れる、という点では体力と似たようなものなので。

「しゅらばを……なんども……」

「は？」

「おい、修羅場ってなんだ」

できれば、馬車が来るまでには起きたいものだ。

そう考えて早々に仮眠を取り始めたリゼルは、ジルとイレヴンが男女の修羅場のことを言っている可能性を捨てきれず、深刻な顔で話し合いを始めたことなど知る由もなかった。

元の世界で王兄は今日も研究に精を出す

『異なる次元に属する同一的世界への魔術的接続Ⅳ』

異なる次元に属する同一的世界（以降、同位相世界とする）への魔術的接続だが、この研究では現行世界と同位相世界に同一魔力が存在することに着目。ジャクリーン＝Ｒ＝ジャクソン氏の提唱する魔力引合論を用いてそれらを繋ぎ合わせることに成功した。今回の実験では、転移指向性魔術陣（異なる次元に属する同一世界への魔術接続Ⅱ参照）の魔力核に高濃度魔力結晶を使用し、――（中略）――これらを比較すると、同位相世界の魔力構成が現行世界と同一であることと矛盾する。結果として、転移魔術の発動に必要である距離という観点に焦点を当てることができるようになった。一方で、必要となる同一魔力の座標の特定においては――（中略）――とりわけ位置固定にはヘルマン術式の有用性が確認されており――（中略）――ここで重要なのは魔力反響の抑制であり――（中略）――これにより、同位相世界への松壽的接続は可能であるという結果が得られた。

……――（中略）――

……――（中略）――

引用文献
ジャクリーン＝Ｒ＝ジャクソン　魔力の根源を知る，27, 101-114
ピコ＝リコ　称えよ美しい魔術陣Ⅲ，72-103
アイザック＝ヘルマン　魔力運動における収束と拡散についての研究報告書，3, 42-49
――（以下略）――

間違いなく後半になるにつれ雑に読まれている。

そう王兄は溜め息をつき、目の前にいる実弟の反応を待った。

星色の髪、月色の瞳。それらを持つ弟は、一国の王という立場にある。だがしかし、幸いなことに、継承権を放棄して己の好きに生きている兄に対しても気安かった。

一時は軽蔑も覚悟していただけに、態度が変わらなかったことに安堵したのは事実。とはいえ、家族の前でまで肩ひじを張れとは言わないが、一応は魔術研究所の所長としての正式な案件なのだ。形だけでも取り繕《つくろ》え、と思ってしまうのも仕方のないことだろう。

「ふぅん」

実弟は二枚きりの論文から、つまらなそうに顔を上げるなり言い放った。

「一言で言えよ」

「リゼルちゃん捜索は順調よ」

「ならいい。おら、ペン寄越せ」

「うちの子たち扱き使うんじゃないわよ」

二人が今いるのは、魔術研究所の研究室だった。

その中でも、大規模な魔道具を用いた研究を行う部屋。現在、リゼル捜索の最前線と言っても過言ではない場所だ。当然、王兄以外の研究員もそれなりにいる。

そんな通りがかりの研究員へと、気安く声をかける弟に王兄は苦言を呈《てい》した。

研究員なんてものは、いつどこでも思いついた考察を書き留めるためのペンを持っているだろう、という偏見に対して。加えて、国王が研究室を訪れることにすっかり慣れ、同僚にペンを貸すかのごとく気軽にペンを渡す部下に対してもだ。

「こいつピコリコ嫌いっていう割にはよく使うよな」

「魔術陣の研究書としては最高位ですからねぇ、まさに疑問を挟む隙がなくって。ただあまりにも魔術陣そのものを偏愛しすぎていて、研究書なのに理解を拒むって所長はお嫌いみたいですけど」

「あれだろ、『この陣はこういう効果だがそれよりこの素晴らしいデザインを見よ』ってやつ」

「そうですそうです、いやぁ、魔術陣は結果ではなく経過のはずなんですがね」

それどころか、すっかりと雑談に興じている。

こういうところが、弟の長所でもあるだろう。誰より王族然とした空気を纏いながら、振る舞いによって接しやすい空気を作る。本来は近寄りがたいと思われ、畏怖《いふ》される王にこそ適正がありそうだが、この弟はとにかく他者とのコミュニケーションを好むのだ。

かといって、軽んじられる訳ではない。そのあたりのバランスが絶妙なのは、こちらもまた本人の資質であり、そして恐らく教育係の指導の賜物《たまもの》でもあるのだろう。

とはいえ、よその人間にでも見られたらどうするのかと、こめかみを押さえる。

「貴方たちね、ここでならいいけど……そういうのは、いざという時にも出るわよ」

「おや、失礼しました、所長」

「そんな無能置いてるつもりねぇよ」

「貴方に言ってんのよ」

余計な心配ではあると知りながら、口うるさく言ってしまうのは身内の性《さが》か。

やるべきことはきちんとやり、相応の実力もしっかりとある弟。だがミスのない人間などおらず、油断しないなどとは本人であっても言い切れない。ましてや、誰がどこで話を聞いているのか分からないような環境なのだ。

こうして時折つついて、緩みかけた気を引き締めさせる役目も必要だろう。

ただでさえそうした役割を担える人間が少なく、だからといってお目付け役の翁《おきな》に任せきりという訳にもいかないのだから。

「ペン、サンキュ」

「はい、どうも。いやはや、それにしても私のペンが国王陛下の手で、さらには国家機密に値する書類のサインに使われるなんて。このペンを贈ってくれた母に教えてやりたいものですな」

「機密よ」

「承知しておりますとも」

溜息をつきながらも、王兄はそれほど心配していない。

そもそもリゼル捜索に携わる研究の担当者は、守秘義務をしっかり守れる者に限っているのだ。もう少し具体的にいうのなら「守秘義務を破っては研究ができなくなってしまう」と当たり前のように言える者たち。

つまりは研究第一主義者といえる。地位より名誉より金より、未知の探求に価値を見出す者たちの集まりであった。ただ口が堅いだけよりも、よほど信用が置けるだろう。

「いや、リゼル宰相には申し訳ないのですが。彼《か》のお方が同位相の世界を観測してくださったお陰で、こうして未曽有《みぞう》の研究に携われることにもなりましてね。予算はふんだんに使えますし、機材は最新のものを揃えられますし、予算もずいぶんと増えましたし、希少な素材も手に入れられるようになりましたし、予算もこれでもかと」

「お前らが予算に文句あんのは分かった」

正直すぎる研究員、もとい部下に、王兄はこめかみに触れながら首を振る。

研究と予算は切って切れない関係ではあるし、王兄も常に足りない足りないと訴えてはきた。その点、このリゼル捜索の研究については恵まれているほうだろう。

それでも、やりたいこと全てやるには物足りなさを感じるのだが。

「つうかお前ら予算渡したら渡しただけ全部使うだろうが」

「当たり前でしょう、やりたいことなんて数限りなくあるんですから」

「どうせどんだけ渡しても足りねぇ足りねぇって言うんだから意味ねぇだろ」

「それはそうですが」

「だろ」

結局のところ、そういうことだった。

最低限の予算さえ保証されずに結果を求められるのは問題外だが、今のところは、十分とは言えないもののそれなりの予算を組まれている。そこには、王兄による涙ぐましい努力があった。

「大体、こいつが就任してから予算自体は増えてんだろ」

「ちょっと」

「褒めてんだろうが」

もしや王族特権などと言うつもりかと、反論しようと思えばすぐに切り捨てられる。

顔を顰めてみせれば、小憎たらしい弟はニヤニヤとしながらこちらを眺めていた。

「結果出しまくって研究所の地位爆上げさせてんだから予算ぐらい増えるだろ」

「まったくもって国王陛下のおっしゃるとおり。世間に何が必要とされているを見定め、実用化しやすい研究に焦点を合わせてくれたものですから、お偉方の覚えもめでたくなり予算も増えましたとも」

「そもそもこいつがガチで予算案組んでくんだよな」

「いやはや、事務仕事が得意な所長が来てくださって有難いことです」

「目にクマ作った魔物の形相で財務にカチこんでんの見ると季節感じるよな」

王族として教育を受けた執務能力を全力で使うことを、王兄は一切躊躇しない。

そもそも前所長がそういった事務仕事を苦手としていたので、それを考えると予算が上がるのは不思議ではない。不思議ではないのだが、と溜息をつきながら明後日の方向を眺める。

「変なとこ気にしすぎんだよ」

「謙虚な方なんですよ」

「うるさいわね……」

就任当初から、研究所の地位向上に精力的に動いてきた。

だがそこには、非常に利己的な理由がある。それでも研究員たちは、また当時の研究所所長は、それで構わないと受け入れてくれた。王位を放棄する以前から入り浸っていたこともあり、勝手知ったる仲というのもあっただろう。

だがそれ以前に、研究員たちにとって己は随分と都合のいい存在だったのだと、今になって考える。

「所長は、流石は元王族といいますか。これだけ結果を出せば後は自由に研究ができる、というラインをはっきり示してくれましてね。ほら、研究に縁のないような上層部の方々の考え方をご存じなので。ですので所長が就任されて以降、前よりも随分と自分の研究に時間をとれるようになったんですよ」

「貴方たち、自由にさせたほうが成果を出すんだもの」

「仕事じゃない研究は楽しいってやつだろ」

「いえいえ、仕事であろうとリゼル宰相の捜索は楽しいですとも。最近は本物の未知といいますか、ゼロから手探りで探究するっていうことも少なかったですから。ほんの小さな進展にも新発見が伴ってね、まるで子供の頃に戻ったかのようで楽しくて仕方ありませんよ」

やや不謹慎ではあるが、同意であるので注意はしない。

弟も呆れるのみ。楽しんでいるうちは手を抜かない、それどころか寝食を忘れる勢いで没頭することを、彼はとっくに知っている。何を隠そう、身内である己がそうなのだから。

それを思うと、もしや弟の研究者観というのは自分から来ているのかもしれない。

「ただ、やはり予算がもう少しあればいいのですが……」

もの言いたげな研究員に、弟が嫌そうに顔を顰めた。

「さっきふんだんに使えるって喜んでただろ」

「いえいえ、高品質の魔石はいくらあっても足りないので」

「そう言うから前に俺が直々に取ってきてやっただろうが！」

「国王陛下の魔石が高品質すぎたんです、それに合わせて調整してるんですよ！」

「なんで俺が定期的に動いてやること前提で進めんだよ、買え！　金あんだから！」

「ですから、あれほどの魔石を手に入れようと思うと、湯水のごとく金がなくなっていくのは必然でしょう！」

仮でなくとも国王相手に言い合う部下に、教育が必要かどうか悩んでしまった。

「つうか予算足りねぇっつうなら自力でパトロン探せよ！　個人の研究なら余所から出資されんのも禁止してねぇだろ、うちの国の奴に限っちゃいるけどな！」

「そう簡単にリゼル宰相捜索費並の資金を出してくれる方なんていませんよ！」

「そもそもリズ捜索の金だってほとんどリズのパトロンが出してんだよ！」

「おや、そうなんですか？」

「そうよ」

パトロンというと語弊はあるが、似たようなものなので肯定しておく。

詳しく言うならば、リゼルが懇意にしていた資産家だ。領地内の予算を動かせない時などに頼る相手であり、その代わりに領地内の一部の権利を融通することもあるという。直接顔を合わせたことはないが、リゼルからはそう聞いていた。

職業としては貿易商になるというが、手を出している業種が多岐に渡りすぎていて定義が難しいらしい。上流階級相手の金貸しもやっている、と聞いた時には思わず顔を顰めたものの、リゼルならば適度に距離を保った関係を築いているのだろう。

そう思っていたし、実際にそうなのだろうが。

「お前も定期的に金塊馬車に積んでくるようなパトロン見つけてこい」

「無茶をおっしゃる」

研究員は、情けない顔をしながら研究へと戻っていった。

「……金塊、貰ったのね」

「あいつとの会話教えてやろうか。開口一番『幾ら欲しいか言え！』。吹っ掛けりゃ『それで足りるのか！』。なんも言わなくても『嘘をつくな持っていけ！』で金塊渡されんだぞ」

ちなみにほぼその会話で終わるという。

リゼルは一体、件の商人とどうやって会話を成立させているのか。というよりも。

「その子は、リゼルちゃんの失踪をどう知ったの？」

リゼルの不在はもはや周知の事実。

だが限られた者以外には、〝病による長期療養中〟と知らせているのだ。それにもかかわらず、弟曰くのリゼルのパトロンは自ら金塊を持参したという。

それも〝魔術研究所への支援金〟と銘打って。的確にリゼル捜索の後押しをしているのだ。

「俺が言った」

「何してんのよ」

「しょうがねぇだろ、金ねぇんだから」

「自国の王から聞きたくない言葉よ、それ」

ちなみに弟は、例の資産家のことを以前から知っていたという。

リゼルから紹介されたというが、個人で付き合いを持つほどでもなかったようだ。そんな相手に金を貸せと突撃できる弟も凄いが、それで言われるままに金塊を出す相手も凄い。

もちろん、裏でなんらかの取引があったのだろうが。

たとえリゼルのためだろうが、そう易々と国民に不利益をもたらすような王ではないので、そのあたりの心配はいらないだろう。何故なら、リゼルがそれを望まないからだ。

その代わり、後々自力でカバーできる範囲なら手段を択ばないことは多々ある。

「この研究の予算は、臨時予算っていう名目で通してるのよね？」

「間違っちゃねぇしな」

「元々こういう時のために浮かせてある予算だもの。だからこそ足りないんだけど」

「リズの従兄弟《いとこ》も出してっけど」

「あの子も頑張ってくれているわ」

素直でなさすぎて逆に素直な、貴族として少し心配になる相手を思い出す。

リゼルの母の兄、その息子。リゼルの従兄弟にあたる彼は、財務のトップである父親のもとで忙しい日々を送っているという。

そんな彼も、個人的な出資を申し出ている。つまりは。

「流石にパトロン呼ばわりはどうかと思うけど」

「馬鹿正直に紹介するわけにもいかねぇだろうが」

パトロンとして一纏めにされていた。

たしかにリゼルの失踪を隠している以上、明るみに出すことのできない範囲もある。とはいえ国の重鎮中の重鎮、その家から個人的出資を受けることをパトロンと呼んでしまっていいものか。

これは例の従兄弟には内緒にしておこうと肩を竦め、すっかりと冷めてしまった紅茶に手を伸ばした。

所長に就任した際に持ち込んだティーセットは、いまだに自分しか使わない。他の研究員も淹れてやれば美味しい美味しいと飲んでいるので、恐らく淹れるのが面倒くさいだけなのだろう。

「リゼルちゃんのこと、本当にバレてないの?」

「バレんならそれでいい」

「は?」

「釣りしてんだよ、釣り」

釣りなんてしたことない癖に、などという皮肉はこの弟には通用しない。

膨大な魔力に物を言わせ、ほいほい転移魔術を多用してみせる弟は、見境もなくさまざまな実体験を積んでいる。釣りなんかとっくに習得済みだろう。

なにせ、ペットの餌を調達するために川にかご網まで設置しに行くのだ。

「リズの長期療養、相当念入りに作ってる」

「そうね」

「それがブラフって気づいた奴用に、その裏もな」

「ふふ、〝リゼルちゃんは貴方の勅命《ちょくめい》で、秘密裏に、とある国との新たな国交を結ぶため、親善大使として国を空けている〟ね。これが念入りに隠されてるんだもの、本気で探れば探るほど信じちゃうわよ」

あながち嘘とは言いきれないところが肝だ。

だからこそ、調べれば調べるだけ信憑《しんぴょう》性が増す。

リゼルが訪れている国は相当遠いらしい。だからこそ、移動を容易にするための研究が進められている。国王の転移魔術を軸とするそれは、他国の参入を拒むことで交易を独占するためだろう。

さらには、有名な資産家も出資しているという。かなりの利益が見込めるようだ。

そう結論づける者が、恐らく大半だろう。王兄だって、真実を知らなければ信じてしまうほどに信憑性がある。違う世界にいる、などと言われるよりも余程だ。

「ああ、そうね。一口噛ませろ、なんて相手が釣れるわね」

「そういう奴は裏探れるぐらいには優秀だろ」

「リゼルちゃんのことをわざわざ探るなんて、いい理由じゃなさそうだけど」

「いいんだよ、そいつらのノウハウだけ貰えりゃな」

あっさりと告げる弟は、戴冠当初から変わらない。

若くして王位を継いだために、長期的な計画が立てられるというのが大きいか。行動力の塊である割に、随分と気の長い考え方を持つこともあった。

それは人材配置に如実に表れている。ただ問題があるだけの人材はすぐに切るが、それが優秀であるのならひとまず問題部分だけを解決する。目的はそういった相手の次代（大抵は嫡男《ちゃくなん》）だ。次代を取り込み、ノウハウがしっかりと継承されたのを確認し次第、世代交代させる。

「ただこれだと、マジで欲しい奴が釣れねぇんだよな」

「優秀で、思慮深い相手ね」

「自分はここまで気づいてるアピールしてくんねぇかな」

「貴方そんな人材本当に欲しいの？」

冗談なのか、本気なのか。

本末転倒なことをいう弟に、呆れながら紅茶のカップを置いた。

「それなら、リゼルちゃんが違う世界にいるってところまで気づいた相手はどうするのよ」

「使わねぇよ、そんな奴。ゼロからそこ当てるなんざ頭おかしいだろ」

「貴方ね、そういうところよ」

「うっせぇカマ野郎」

とはいえ言いたいことは分かってしまうのだから、似た者兄弟なのだろう。

軽い雑談が済めば、弟は用事があると転移魔術で消えていった。

ちなみにその用事とは、ペットであるオオサンショウウオの世話らしい。基本的には忙しい身の上なのだから、たまには世話を他人に任せてはとも思うのだが。

「そう言うと、自分が世話をしないで誰がするんだ、なんて言い張るのよね」

『それも陛下のいいところですよ』

「それもそうなんだけど」

溜息をつけば、窓越しのリゼルも可笑しそうに笑う。

弟が魔力を補充したばかりの魔石を用いて、試験的に窓を開いていたのがつい先程のこと。

今はとにかくデータ収集の期間だ。こまめに窓を開いては、担当研究員総出でデータを取っている。

「それにしてもあのペット、どんどん大きくなるわよね」

『最初は手のひらサイズでしたね』

「今は一メートル越えじゃない。どこまで大きくなるのかしら」

『陛下は〝竜くらい大きくならないか〟なんて期待してるみたいですけど』

「なってもらったら困るわよ」

とはいえ、本当に竜サイズになったとしても受け入れるしかない。

今ではオオサンショウウオという名の生き物だと判明したが、それでもまだまだその生態には謎が多いのだ。最近は成長がゆっくりになってきたというので、恐らく成長も打ち止めになるとは思うのだが。

それでも万が一、それぐらい大きくなったらどうすればいいのか。

『今のうちに、庭園に川でも引いておきますか？』

「まさか」

リゼルの冗談に、笑いながらペンを手に取った。

いや、本当に竜サイズになれば他に方法はないとは思うが。

「それより、どう？　窓が出る時の負担は軽くなった？」

『はい、随分と』

「ちゃんと言うのよ。痛いだなんて言っても止めないんだから」

『有難うございます』

「嫌だわ、リゼルちゃんが頑固なせいで私が悪者みたい」

わざと意地が悪そうに言ってやれば、リゼルが困ったように微笑んだ。

それでも謝りも撤回もしない。配慮などいらないと暗に告げるのだから、やはり頑固なのだろう。

昔からそうだ。柔らかな物腰のまま、相手を主体として動きながら、リゼルは自身の譲れない部分は絶対に譲らない。それを周囲に悟らせないのが上手いので、リゼルに対して頑固だなんて印象を持つ人間は少数派だが。

逆に言えば、リゼルを頑固と称する人間は極々親しい間柄に限るということだ。

「最初は魔力中毒の症状があったのよね。あとは眩暈《めまい》、頭痛も」

『本当に最初だけですよ』

「あれだけ高密度の魔力が耳元に集中するんですもの。不調は出て当然よ」

『それを抑えられる貴方を尊敬します』

「完全に抑えられてからにしてちょうだい」

随分と軽くなった、というのだから完全に消えてはないのだろう。

経過での称賛は受け入れがたく、流してみせれば笑われてしまう。だが、これは性分なのだから直らない。完璧主義、などと弟には揶揄《やゆ》されるが、それをメリットに転用できているのだから問題ないだろう。

「所長、先日の件について……」

「ああ、そうね」

ふと、隣で魔力測定を行っていた研究員から声がかかる。

リゼル用の研究記録（用途は完全にカルテ）から、穏やかに言葉を持つ相手へと視線を向けた。

『リゼルちゃん、二日前に窓を繋げようとしたら繋がらなかったことだけど』

「二日前だと、迷宮に潜っていた時のことかと」

『そう、やっぱり』

リゼルに窓を繋げようとした際、その耳にある弟の魔力情報を見失うこと早数度。

リゼルに聞いていたところ、迷宮に潜っているタイミングと一致するという。

「こっちの迷宮でも検証したけど、やっぱり無理ね。世界がどうこうは関係ないわ」

『検証というと』

「勿論あいつに行かせたわよ」

『陛下ですか？』

「そう、自衛もできるし手っ取り早いでしょう」

こういう時、フットワークが軽くて戦闘力もある協力者がいるのは有難い。

散々、国王らしくだの何だのと言っておきながらと我ながら思うが、それはそれ。実験に最も適しているのが弟であり、本人も二つ返事で了承したのだから問題はないだろう。

なにせ声をかけた数秒後には、必要な機材と人員すべてまとめて転移したのだから。野外での計測は数値がブレる、と研究員一同ややキレながらも、さっさと迷宮に潜っていってしまった弟の魔力を全力で追った。

見つからなかったが。

「どうしてそうなるか分からないっていうのも屈辱《くつじょく》だわ」

『こちらではそれを、〝迷宮だから仕方ない〟って言うんですよ』

「匙《さじ》を投げるしかないってことね」

『まさにその通りです』

リゼルが今いる世界にも、優れた研究者は多くいるという。

そんな彼らが、そう結論づけたのならば確かにそうかもしれない。なにせ迷宮の取り扱いについては、一歩も二歩も先を行く世界だという。こちらのように、最低限の管理だけを各国で行っているのとは違う。

「逆に言えば、迷宮以外では安定して窓を開けるのよね」

『こちらの魔力濃度もそちらと変わりませんからね』

「横から失礼いたします。リゼル宰相、スポットに入ったご経験は？」

「何聞いてんのよ、そんなものあるわけ」

『一度だけありますよ』

「は？」

計測が終わり、手の空いた研究員が横から顔を出してくる。

それに対して、リゼルは平然としていた。その返答に、頭が痛くなる。

「……危険な真似、してないでしょうね」

『勿論、万全に準備しました』

『その準備したマスク魔力溜まりのど真ん中でとってましたァ』

「そう、有難う」

聞き慣れない笑い声が遠ざかっていく。

窓の端に一瞬、撓るように動いた赤い髪の持ち主だろう。リゼルと、冒険者とやらのパーティというものを組んでいる者の一人だ。窓を繋ぐと、時折後ろをうろついているのが普通に見えていたし、一度は紹介も受けている。

イレヴンという獣人。蛇の獣人は初めてみたが、なかなかに癖の強そうな男だった。

「リゼル」

『不可抗力です』

「リゼル？」

『理由があるんです』

赤い髪を目で追っていたリゼルの視線が、こちらを見据える。

少しばかり弱ったように、眉尻を落とした顔にこちらが弱いと知っているのだろうか。

過去に何回か、それで折れてやったこともある。だが、今回は。

「……私が納得できる理由なのね？」

『きっと』

溜息をつく。

「分かった、また時間がある時にでも聞くわ。それで、スポットが何？」

「はい。現状、ネックは魔術系統の出力不足ですよね」

「そうね」

「お互いのスポットの魔力を利用できないかと思ったんですが」

『支配者さんみたいですね』

リゼルの口から出た名前に、片眉を上げる。

隣では研究員が、やけに楽しそうにリゼルの言葉に頷いていた。

「ああ、例のクレイジーな研究者ですね」

『ご存じですか？』

「ええ、所長から話だけは。いやぁ、凄いですよね。研究者のロマンを体現したというか」

「誤解を招くような発言は止めなさい」

「だって所長、そうじゃないですか。できたとしても普通やりませんよ、人間支配だったり、魔物率いての都市襲撃だったり。闇《やみ》の研究者の極致っていうんでしょうか、こう、心の中で疼《うず》くものがありませんか？」

「ないわ」

『光の研究者もいるんですか？』

「いえ、その……あれ、おかしいな」

「貴方それ、危険思想よ。お願いだから私に除名処分させないでちょうだい」

「いえいえ、本当にそんなんじゃあないんです。子供の頃に考えたというか……ねぇ」

焦ったように弁明した研究員が、同意を求めるように他の研究員を振り返った。

まさか同意が返ってくるはずないだろうに、そう呆れながら振り返った先には、何やら居たたまれなさそうに視線を逸らす複数人の姿があった。なんということだ、最高峰と呼ばれる魔術研究員たちがまさか危険思想に片足を踏み入れているとは。

「ちょっと、まさか……」

「いえ本当に、全くもって違うんですよ所長、そういう倫理観の欠如《けつじょ》とかではなくて」

「ロマンと言いますか、こう、一度は考えるといいますか」

「企《たくら》みとかではなくてですね、実践という訳でもなく、ただ夢があるなという話でして」

『楽しそうに研究してもらっているようで安心しました』

穏やかな声にそうではないと突っ込めたのは、その五分後のことであった。


王兄は思慮深く考える。

リゼルに甘えるようになったと告げたのは、果たして正解だったのかと。

「リゼルちゃん」

『はい』

向けられた微笑みには、昔と変わらぬ全幅《ぜんぷく》の信頼が浮かんでいる。

だが、楽しそうだと思った。気持ちは、恐らく少しだけ分かるつもりだ。

王位継承権を放棄した時に、己が抱いた開放感。あの奇妙なほどの体の軽さを、リゼルは今まさに感じているのかもしれない。

いや、誰も自分を知らないという感覚は果たしてどれほどのものか。

継承権を放棄しても、王族として見られる事実はなくならない。それが当たり前だったのだ。辛いと思うことはないが、恵まれた環境にいながら何を言うのかと思われようとも、その感覚を望んだことがある。

そんな自分が、リゼルに甘えることへの釘を刺した。

戻ってきた時に苦労するからと、全てを捨てようとした自身を棚に上げてでも告げたのだ。

「リゼル」

『はい』

そう、リゼルのことも捨てた。

幼いころ、己に仕えることが決められていた彼を。捨てて、この道に足を踏み入れた。

後悔はない。未練もない。けれど、罪悪感だけは今も胸にある。

「そういえば、以前に聞いた魔鳥なんだけど」

『ああ、そうですね。騎兵団の方に聞いたんですけど』

いつもどおりに微笑めば、柔らかい笑みが返ってきた。

罪悪感、それを表に出す資格はない。何より、それを望まれていないことも知っている。

ならば自身にできることは、これからもきっと変わらないのだ。

兄として、友として、傍にいよう。

そう、何度目かも分からない誓いを胸に刻み込んだ。

駆け出しの釣り人リゼル

切っ掛けは、迷宮〝湖底散歩〟でのことだった。

その迷宮では、まるで巨大な湖の底を歩くかのような体験ができる。壁や天井は、存在しないかのような透明。その向こう側に見える水中風景は、サルスという国の土台は見えないものの、サルス国民にはどこか見慣れたような感覚を抱かせるだろう。

冒険者が歩く道は、まさに湖底そのものであった。

敷き詰められた白い砂、沈んだ流木、ところどころに石や岩。透き通った壁の向こう側に見られるような、水草や貝殻などの生命はないが、瓶や硬貨などは時折見つけることができた。

恐らく、冒険者ではない誰かが落としたものなのだろう。

だからきっと、こういうことも普通に有り得るのだ。

「おい、どうだった」

「リーダー何出た？」

宝箱を前に、背後で煽りに煽ってくるパーティメンバーの二人。

その声を聞きながら、手にした小箱に収められていた釣り針をリゼルは眺めていた。いかにも指輪か宝石が入っていそうな、いかにも格式ばったケースだったのがフェイントにも程があった。


ある日の昼下がり。

ふむ、とリゼルは考える。

サルスで二つ目の湖中に扉がある迷宮、そこで釣り針を見つけてから考えていたことだ。

サルスを抱く湖にも、アスタルニアの桟橋のように釣り人の姿を多く見られた。彼らは自分のものなのか、それとも公共のものなのか、そんな小舟で身軽に湖へと漕《こ》ぎ出しては日々釣りを楽しんでいる。

そして、リゼルも駆け出しではあるが釣り人の一人。

釣りの経験者を釣り人というのならば、そう名乗っても問題はないだろう。恐らく。

ならば一度は、釣り糸を垂らすべきではないか。ちょうど宿主に手紙を書きたいと思っていたところだし、立派な魚を釣り上げて弟子の成長を喜んでもらおう。

そう思い至ったリゼルは早かった。

翌早朝、リゼルは一人で冒険者ギルドを訪れていた。

ジルは一人で迷宮へ向かったようで、イレヴンも昨晩から帰ってきていない。よってクァトと仲良くギルドを訪れ、各々好きなように依頼を選んでいる最中だった。

クァトは駆け出しのFランクから、既にランクアップを果たしている。今はいろいろな意味で手ごわい依頼をこなしたいようで、最初からFランクの依頼に目を通そうとはしなかった。

よって奇妙なことに、クァトよりランクが上のはずのリゼルが、Fランクの依頼を眺めているという奇妙な現象が発生していた。何故なら今日のリゼルは、Fランクのとある依頼にしか興味がないので。

「爆裂ウロコぶった斬れる奴ー、爆裂ウロコマジロぶった斬れる奴いるかー」

「斬れる」

「おっ……」

クァトは今日、どうやら別のパーティに混ぜてもらうようだ。

さもありなん。自分よりランクが上の魔物と戦いたければ、上位のパーティに混ぜてもらうのが手っ取り早い。それか、依頼とはなんの関係もなしに迷宮に潜るかだ。

リゼルは目当ての依頼を求め、貼りつけられた依頼用紙を上から下まで眺めていく。

「お前……いいのかよ、助教授さん……え……？」

「何……なんで……？……喧嘩した？」

「してない」

「してないか……」

「そうか……」

クァトも無事に、ベテラン二人組とパーティを組めたようだ。

勉強になりそうで少し羨ましい、それにしてもランクは大丈夫だろうか。そんなことを考えながら、リゼルは依頼ボードへと手を伸ばす。サルスではあまり見られなくなった依頼だったので、あるかどうか不安だったが、一枚だけ残っていたのは幸いだった。

Fランクの依頼は空いているので、さして苦労なく依頼用紙を手に入れる。

「(うん)」

リゼルは満足げに頷いた。

その時、ふと後ろから肩をつつかれる。

「リゼル君」

「ヒスイさん」

朝から活動しがちな冒険者の例に漏れず、ヒスイも何か依頼を探しにきたのだろう。

リゼルは依頼ボードの前から、ヒスイと共に後ろに下がった。いくら不人気のFランクとはいえ、覗く者がいない訳ではない。ボード前を占領するのも申し訳ないと、依頼用紙を手にテーブル近くに立った。

「一人？」

「はい。ヒスイさんもですか？」

「うん。……あの冒険者、リゼル君たちのパーティだって噂あったけど」

「クァトですか？」

確かに何度か、クァトと共に依頼を受けている。

それを見た他の冒険者が噂したのだろうか。クァトも今のように、これまでにも他の冒険者パーティに交ざることがあったというのに不思議なことだ。

依頼カウンターを見れば、ベテラン二人組パーティに混じって何かを話すクァトの姿がある。

リゼルの視線に気づいたのだろう。ベテラン冒険者たちへと頷いていたクァトの目が、ふっとこちらを向いた。

手を振ってやれば、嬉しそうに唇を緩めながら、ひらりと腰元で手を振り返してくる。

「クァトはソロですよ」

「あれだけ懐いてて？」

「親しい相手と、パーティを組みたい相手は違うでしょう？」

「まぁ、そうだけど」

「今は、一人が楽しいみたいです」

ヒスイの普段はふてくされたような顔が、なんとも言えない表情に変わる。

「同じ宿とかじゃなかった？」

「はい、同室です」

「パーティ組んでないのに？」

「変ですか？」

「変っていうか……まぁいいや」

ヒスイは何かを諦め、さっぱりと切り替えた。

リゼルは何かおかしかったかと思うも、だからといって支障があるようにも思えないので気にしないことにした。支障があればヒスイも忠告してくれるだろうし、それより前にジルかイレヴンが何か言っているだろう。

いや、老輩にはそれらしいことを指摘されたことはあるが。

「依頼、Ｆランク？」

「はい、これを探してて」

「どれ？」

「サルスではなかなか見ないので、運が良かったです」

なんの依頼を受けたのか気になったようだ。

やはりSランクにもなると、Fランクの依頼とは縁がなくなるのかもしれない。実際はランクアップした途端に下のランクに目がいかなくなるのだが、リゼルは知る由もなく依頼用紙を掲げてみせた。

【種喰いワームの駆除】
ランク：F～E
依頼人：趣味で鉢植えを愛する男
報酬：銀貨一枚
依頼：堆肥《たいひ》置き場（ごく小規模）に種喰いワームが発生してしまいました。駆除をよろしくお願いいたします。
（堆肥置き場の地図は裏にあります）

ヒスイが不可解そうな顔をして告げる。

「どうしてもこれが良かったの？」

「どうしてもこれじゃないと駄目なんです」

そう、リゼルの探していた依頼こそ種喰いワームの駆除依頼。

今までの国ではありふれた依頼だったのだが、農地を持たないサルスではなかなか見ることができなかった。だが諦める訳にはいかない、釣りをするためには餌が必要なのだ。

種喰いワームは迷宮で見ないので、こうして依頼に出てくれたのは僥倖《ぎょうこう》だった。

なにせ個人でそこらへんの地面を探そうが、全く見つからない。いる時は大量にいるのに、探すとなると一匹も見つからない。きっと農場のような、住み心地のいい土を好んでいるのだろう。

「へぇ」

リゼルの手から依頼用紙をとったヒスイが、裏面を見て微かに眉を寄せる。

リゼルも苦笑した。地図が示していたのが、国外だからだ。

「北の森、ね」

「これ、いいんですか？」

「グレーかな。どっちか決めなきゃ駄目なら黒だけど」

サルスは過去、パルテダールの属国であった。

リゼルもサルスを訪れる前、そして訪れた後も歴史書に目を通してきたが、サルスがはっきりと主張できる領地は湖に浮かぶ国のみ。

それは属国であった以前より、遥か西より追われてきた無辜《むこ》の民が、身を守るために湖上に住み家を築いたからだという。

だが実のところ、そこは当時もパルテダール（当時パルテダ）の領地だった。

知らなかったとはいえ、他国の領土を自らの所有地とするなど侵略行為に外ならない。王都からの使者によりそれを知った湖上の民は、なんてことをしてしまったのかと失意に陥ったという。

すぐに去るからと許しを請う彼らに、動いたのは当時のパルテダール王であった。

彼は自ら湖上の村を視察すると、その魔法建築の素晴らしさと、それを先導した聡明な技師の話に深く感銘を受けたという。湖上に新たな国を築くことを認め、属国とすることで彼らを祖国から守ることを決めた。

やがて湖上の民に迫る危機は去り、独立を許されたのが今のサルスなのだが。

「国境はこっからここまでって決めておいてくれれば良かったんだよね」

「一応、湖の範囲らしいんですけど」

「でも周りの森とかの管理もサルスがしてるんでしょ？」

「そうみたいです。元々、パルテダールも持て余してた土地みたいですしね」

「じゃあ独立の時についでにあげればよかったのに」

「それは……」

リゼルは苦笑する。

当時のパルテダール王が何を考えたか、予想がつかなくはなかったからだ。

「ただの俺の予想なんですけど」

「うん」

「これは、特に優秀な王にありがちで」

「何が？」

「言わなくても分かるだろう、っていう」

ヒスイが嫌そうに顔を顰める。

こういう考えを、貴族らしいと判断したのかもしれない。ヒスイがこれほどに嫌悪を顔に出す時は、過去を、ひいては貴族階級であった己の元家族を思い出している時ぐらいだ。

そのあまりの剣幕に、もしやSランクが喧嘩でもおっぱじめるのか、と周りの冒険者もこちらを凝視している。そこでリゼルもしきりに見比べられているのは、まさか喧嘩するようには見えないという驚愕《きょうがく》からか。

ヒスイが、やや刺々しい声で告げる。

「そういう回りくどいの嫌いなんだけど」

「すみません」

「別に……リゼル君には言ってないよ」

彼はバツが悪そうにうなじを擦った。

同時に、安堵したように周囲の冒険者もおのおの日常に戻っていく。

「それで？　昔の王様が何？」

「抜群に立ち回りの優れた国王だったんだな、と」

「どういうとこが？」

「周りを納得させる手際が、特に。領土はそのまま国力ですし、それを他国の民に無償で与えるっていうのは難しかったと思います。もちろん、きっかけとなった技術力の提供なんかは取りつけたと思いますけど」

「まぁ、土地と技術をイコールには考えづらいよね」

「でしょう？　だから多分、正式な約定《やくじょう》で交わした領土は今と同じように湖で」

「うん」

「その時、周囲の自然環境の管理をパルテダは依頼して」

「へぇ」

「これが暗に、森の恵みも好きにしていいよっていう許可だと思うんですけど」

「そうなの？」

「こういう暗黙の了解って、長年の実績が伴えば当事者の権利に変わるじゃないですか」

「あー……」

「まぁ普通にそうなってくだろうなーっていうのが、当時のパルテダール王のお考えだったのかもしれません。周辺の森林資源の管理も任された、っていう記述がサルスの本にも、王都の本にもありましたし」

「それが本当だとしたら、なんで今そうなってないの？」

今も変わらず、湖より外は領土が曖昧なまま。

パルテダールが権利を主張することはなく、逆にサルスが権利を主張することもない。

そんな、なんとも奇妙な状況が続いている。

「それはもう、サルスが頑固だとしか」

そう告げるリゼルの隣で、ギルドを出ようとしていたクァトが一瞬足を止めた。

先程、ギルドがざわついたのに気づいていたのだろう。何かあったのかと窺うような視線に、なんでもないと首を振ってみせる。存分に爆裂ウロコを斬っておいで、と内心で呟きながら送り出した。

そしてリゼルは、少しばかり眉尻を下げて微笑んだ。

「サルスはずっと感謝してるんですよ。自分たちを受け入れて、守ってくれた過去の、そして歴代のパルテダール王にも」

「つまり？」

「国外の土地は『パルテダール国から今もお預かりしているもの』で、『自分たちはただ管理を任されているだけにすぎない』から、自ら権利を主張することは絶対にないってことです」

パルテダールとしては、サルスに権利を主張してもらわないとどうにもならない。

自分たちから「あげるよ」とは言えないのだ。たとえパルテダールの誰もがそれに賛同していようが、国として自国の領土を与えてしまっては、サルスに平和的侵略の汚名をかぶせてしまうことになる。

なので、サルスから「こういう実績があるから自分のものにしていい？」と言い出してもらわないと検討すらできない。

「当時のパルテダール王は、そういう暗黙の了解を全員承知だと思ったんでしょうけど」

「実際はサルスが気づいてなかった？」

「気づいたうえで、気づかないふりをしてるのかも」

「ああ、成程ね。それは頑固」

呆れたヒスイに、リゼルも可笑しそうに笑う。

謙虚なのも、度が過ぎると困ってしまう。想定どおりに進まないと、仕事が増えてしまうのだ。今もパルテダール上層部は、毎年サルスから届けられる資源管理の書類を前に頭を抱えているのかもしれない。

これら全て、ただの予想にすぎないが。

「だとしても勝手に森で肥料作ってる奴もいるんだよね」

「それくらいならご愛敬ですよ」

なにせ古木に扉を作って勝手に住み着いている一族もいる。

ただ、彼らについてはどちらが先かという点もあるが。とはいえ本格的に住み家としたのは、恐らくサルスができてからだ。でないと不便で仕方がない。

何はともあれ、完全にゼロか百か、なんて国が言い出すほうが怖いだろう。森の資源が国民に開かれているのと同じように、度が過ぎなければお目こぼしもあるはずだ。

「それにしても」

ふと、ヒスイが何かを思い出したように告げる。

「それが本当なら、大侵攻のやらかしってヤバくない?」

「上の方々、本当にびっくりしたでしょうね」

「びっくり通りこして葬式みたいになってそう」

二人は他人事のように、そう朗らかに会話を交わしていた。

依頼にはヒスイが同行を申し出た。

二人並んで、サルスの大橋を渡る。ちなみに一緒に依頼を受けたのではなく、自らも依頼を探していたヒスイが、いい依頼がなかったために暇つぶしでついてきたのだ。

「ヒスイさんも一人で依頼の予定だったんですか？」

「何で？」

「え？」

妙な間が空いたが、少しばかり肩を竦めたヒスイが言葉を続けた。

「Aランクで手ごろな依頼がないか見に来ただけだよ」

「受けるだけ受けて、後日にパーティで？」

「そう」

大橋の上を、湖面を撫でた風が通り抜けていく。

煌めく水面に、リゼルはまだアスタルニアを思い出してしまう。しかし風には潮の香りはなく、最近になってようやくそれに違和感を覚えないようになってきていた。

「折角のSランクだけど依頼がないんだよね」

「指名依頼もですか？」

「指名はまぁ、時々。頻度はそっちのが多いかな」

「依頼ボードでSランクってほとんど見ないですしね」

「そもそも貼ってあっても僕ら宛てだよね、Sランク一組しかいないんだから」

「あれ、Aランクも受けられますよね」

「ああ」

リゼルの疑問に、ヒスイは納得いったように頷いた。

人や馬車の行き交う大橋を渡り終え、リゼルは依頼用紙の裏にある地図を頼りに北へ。前方に見える森、そのごく浅いところに堆肥置き場はあるらしい。

「リゼル君は知らないか。Sの依頼、Aでも断られることあるよ」

「ギルドに、ですか？」

「うん、そう。Sランクの依頼出せるなんて、それだけでどっかの金持ち確定だから」

つまり、失敗続きでは冒険者ギルドの威信にかかわるということだ。

本来ならば自らのランク、その一つ上までの依頼が受けられる冒険者ギルド。当然ながら、例外もあるということなのだろう。

冒険者ギルドが成功率が低いと判断すれば、Aランクだろうが受けられない領域となる。

「Aにもなってない俺には、まだまだ遠い話ですね」

「別に、ランク低いから知らないとか言った訳じゃないんだけど」

「ジルのネームバリューのことですか？」

「それと合わせて、Aに上がっても安心していいよって話」

ヒスイが軽く笑い、歩調を緩めた。

目的の森は目の前だ。あとは、この森のどこに堆肥が置かれているのかという点だが。

リゼルは改めて地図を取り出した。依頼人の地図が非常におおざっぱなので、ピンポイントで当たりをつけられそうにはない。

二人は暫く、森沿いに歩いてみることにした。

「一応、目印があるとは書いてありましたけど」

「ふぅん、どんな?」

「木の枝に布を結んであるみたいです」

「木が成長して隠れたらどうするんだろ」

「看板とか一緒に立っててくれないでしょうか」

「それはないんじゃない?」

「ですよね」

本人しか利用しないというのなら目印はいらない。

そもそも小規模の堆肥置き場で、種喰いワームの駆除を依頼するほうが不思議なのだ。

種喰いワームは小さい頃なら、冒険者でなくとも踏みつぶせてしまう。パルテダールやアスタルニアでも、農家が厚手の革靴でぷっちぷっちと踏みつぶしていた。

それが少し育って危険な場合であったり、大量発生してどうしようもなくなったら、ようやく冒険者に依頼を出す。出費を抑えたいのは、世界各国どこの農地でも同じだろう。

それができない理由があるとするならば。

「森の利用、申請とかいると思う？」

「狩猟権に限っては間違いなく。農地利用は間違いなく駄目でしょうね」

「堆肥、肥料か……肥料だけならいいのかな」

「そこはもう、サルスがどう判断するかです」

つまり今、リゼルたちは違法行為に手を貸そうとしているのかもしれない。

依頼人もしょっちゅう国を出入りするのが憚られ、こうして冒険者ギルドに依頼を出したのだろう。国外に用のある職に就いているなら不自然ではないが、そうでもないのに頻繁に門をくぐるのは流石に不自然だ。

「こうなると依頼人名も納得だよね、〝趣味で鉢植えを愛する男〟」

「営利目的じゃないから許してね、っていう下心がありますよね」

「まぁ僕たちには関係ないけど」

「はい、ただ依頼を受けただけなので」

二人が落ち着いているのはこれが理由だった。

何かあっても依頼人のせいにすればいい。まさか違法だとは、と知らぬ存ぜぬを貫けばいいだけだ。それも全く嘘ではないのだから。

これが誰かを害するような違反行為であれば二人も考えるが、そもそもそんな依頼を冒険者ギルドは通さないし、受けてしまったとしても依頼を放棄してしまえばいい。それぐらいの分別はつく。

「バレても依頼人がちょっと叱られるだけだろうけど」

「ギルドが通した依頼ですしね」

「こういう微妙なの、意外とギルドって通すんだよね」

話していると、ふとヒスイが歩みを止める。

地面を覆う草を踏みながら、彼は二歩、三歩と森から離れた。そうして日差しを遮るように目元に手をあて、延々と続いている森と草原の境界に目を凝らす。

「あ、布あったかも」

「流石、弓使いは目がいいです」

リゼルは、ヒスイが布を見つけたという場所へと向かった。

近づけば、確かに長めの布が風に揺れている。ただしその布が新緑と同じ色をしているせいで、事前情報がなければ見逃がしかねないほどに草木と馴染んでいた。

リゼルは感心したように布を見上げ、そしてヒスイへと向き直る。

「よく気づけますね、ヒスイさん」

「色じゃなくて動きを見るといいよ、そっちのが分かりやすい」

それはそれで、ある種の訓練が必要そうな話だが。

だがリゼルも、ヒスイほど遠距離には対応していないが射手である。Sランクからの助言を有難く受け取り、普段の冒険者活動でなるべく意識してみたようと胸に刻み込んだ。

「じゃあ、この奥に」

「あったね」

印のある木から、一歩森へと踏み込んだ先。

というよりも、その木のすぐ裏側に目当てのものはあった。

地面が盛り上がり、その上に布が被せられている。布はアスタルニアの魔力布だろう。その紋様と、状況を見るに、恐らく防水の効果があるだろう大判の布がかけられていた。

「あ、ふかふかですね」

リゼルは布の上から、堆肥を軽く押してみた。

布越しでも仄かに温かく、発酵《はっこう》が進んでいるのだと分かる。それがいい具合か、それとも難航しているのか。リゼルには判断できないが、ほとんど匂いがないことを考えるに順調なのだろう。

「ワームいた？」

「ええと」

リゼルは布を捲ってみた。

捲れば、上から被せられていた布が二枚あったことに気づく。それぞれに別に役割があるのだろうか。そして堆肥の下にも一枚、いかにも使い古しの布が敷かれていた。

その布の上で、二匹の種喰いワームが蠢いている。

「どこから来たんでしょうね」

「農地以外で見たことないよね」

ヒスイが上の布を二枚、近くの木にかけてくれる。

リゼルはそれに感謝を告げ、よしと気合を入れてポーチから瓶を取り出した。そして、木製のピンセットも。本当は瓶ではなく、宿主が使っていたような木箱がよかったが、ちょうどいいものがなかったので諦めた。

「……本当に捕るの？」

「捕ります。そのためにギルドでも確認したので」

「何を？」

「捕ったワームは貰っていいのか、です」

ちなみに三回ほど聞き返されたし、ギルド職員の目は死んでいた。

「いいって？」

「はい。駆除さえできればいいみたいなので」

「そうだろうけど。……練り餌とかじゃ駄目なの？」

「駄目です。これが一番釣れるので」

言い切れるほどリゼルに釣り経験はないが、そう信じているので断言しておく。

魚もよく分からない塊より、活きがよくて鮮度抜群の餌のほうが食べ甲斐があるだろう。リゼルのその信条は、今もなお微塵も揺るがない。

「ヒスイさん、こういうの苦手ですか？」

「僕は別に。うちのパーティに一人すっごい苦手なのがいるけど」

せっせとワームを捕獲していると、堆肥を挟んだ反対側にヒスイがしゃがむ。

彼は言葉どおりに、特に虫嫌いという訳ではないようだった。そちら側にいるワームを、摘まんではチ堆肥の上にぽんぽんと放り投げている。


では堆肥の上にぽんぽんと放り投げている。

手伝ってくれるのか、とリゼルは微笑んだ。

「少し大きめですね」

「何日か空いたんじゃない？　種とか大量にあると一気にでかくなるけど」

「餌の種もないのに来るなんて、よっぽど土の状態がよかったんでしょうか」

「サルス、ちょっと涼しいしね。温かい土のがいいのかも」

リゼルはシャベル（迷宮品）を取り出し、丁寧に堆肥をより分けながらワームを取り除いていく。

堆肥はおよそ一メートル四方、依頼用紙にも書いてあったとおり非常に小規模のものだったが、それでも瓶の半分が埋まるくらいの種喰いワームを手に入れることができた。

「足りる？」

「はい、十分です」

種喰いワームが詰まった瓶を片手に、リゼルは嬉しそうに笑う。

その姿に、ヒスイは笑い返すでもなく、なんとも言えない顔をしていたのだった。


釣りをするなら薄明薄暮《はくめいはくぼ》。

そう得意げに語っていた宿主の言葉に従い、リゼルはその日の夕方に早速、サルスのとある水路へと訪れていた。そこは小さな水門の近くで、やや幅が広くなっており、何艘《そう》もの小舟が岸に繋がれている場所だった。

「お爺さまは釣りをしないんですか？」

「無理だ無理、ありゃ気が長くねぇと楽しめねぇだろ」

まだ潜って突いているほうが楽しい、と笑う老輩に、リゼルも可笑しそうに笑みを零す。

自分でやらないと言った割には、釣りスポットにはなかなか詳しいようで、おすすめの釣り場を訪ねたリゼルをすぐさま案内してくれた。釣りが趣味の友人がいるからと、案内を名乗り出てくれたのだ。

「竿《さお》は持ってんのか」

「はい、迷宮品です」

「迷宮もまた変なもんばっか出してんな」

リゼルは愛用の〝持つと凄くしっくりくる竿〟を取り出した。

同じく迷宮品である針も、すでに糸の先で揺れている。迷宮で針を手に入れた日の夜、イレヴンに頼んでつけてもらったものだ。イレヴンは手慣れたように、ものの数秒で器用に針を取りつけてくれた。

「なら餌も用意してあんだな」

「勿論です」

リゼルは頷いて、手にしていた小袋を持ち上げた。

生きたワームは空間魔法に入らないので、こうして持ち運ぶ必要がある。

「よし、じゃあ行ってこい」

老輩は一度だけリゼルの背を叩くと、一隻の小舟を指さしてみせた。

「あれだ、間違えんなよ」

「釣りが趣味のご友人の船、ですよね」

「おう」

ここに来る途中、老輩は一軒の家の前を通り、窓を叩いて住人を呼び出していた。

顔を出したのは、きりりと凛々《りり》しい顔をした年配女性。彼女は咥《くわ》えたパイプを揺らしながら、「船借りるぞ」という老輩のひと言にあっさりと頷いていた。

その時も彼女の手元は一本の釣竿を磨いていて、よほど釣りが好きなのだろうと確信させた。そんな彼女のおすすめの釣り場、なんとも説得力のあることだろう。

「頑張りましょうね、ジル」

リゼルは隣に立つジルに、にこやかにそう告げる。

微妙に嫌そうな顔をされた。


迷宮帰りのジルを捕まえたのは偶然だった。

たまたま宿へと歩いていたジルを見つけ、老輩が「折角だから坊主もやってこい」と半ば強制的に連行した。精神修行になるぞ、と言われてしまえば断る理由もなかったのだろう。

「あの爺、あんだけ言っといて自分はやんねぇのかよ」

「釣りは向き不向きがありますしね」

「お前は向いてんな」

「ジルもちゃんと向いてますよ」

褒めたというのに、嫌そうに顔を歪めたジルへとリゼルは苦笑する。

場所はサルスの湖上。水門を出て、少しばかり先へと進んだポイントだ。

流石は生粋の釣り人のおすすめだけあって、ぽつりぽつりと釣りを楽しんでいる人々の姿が見える。一番人気は早朝らしいので、これでも少ないほうらしいのだが。

「はい、ジル」

「……なんだそれ」

「餌です」

捕りたての種喰いワームを見せると若干引かれた。

「売ってんのか、そんなもん」

「いえ、これは俺が捕ってきたやつです」

「あ？」

「今朝、種喰いワームの駆除依頼を受けてきました」

誇るように告げるリゼルを、ジルは信じられないものを見るかのように見ていた。

こいつ一人でそんな依頼受けてるのか、という呆れが半分。目的のためにそこまでするのかという感心が三割。そして、なんとも言えない受け入れがたさが二割ほど。

最後については、ヒスイも感じていた類のものだろう。

「ヒスイさんも手伝ってくれたんですよ」

「なんでだよ」

「たまたまギルドで会ったんです」

「Sランクがよくやる」

「ジルだって一緒にFランクも受けてくれるじゃないですか」

「俺はBだろ」

「一刀でもあるじゃないですか」

「周りが勝手に言ってるだけだろ」

「ヒスイさんは虫が平気でした」

「冒険者で苦手な奴のが珍しいけどな」

ぐだぐだと喋りながら針に餌をつけていく。

ジルも子供の頃によくやっていたというので、手元は淀《よど》みない。全力でうねる種喰いワームを、潰さないよう器用に固定しながら針へと通していく。

反面、リゼルはここが一番難しい。小さくとも魔物なのだ。ミミズとは比べ物にならないほど力強く暴れるワームだが、これこそがリゼルの求める活きのよさに外ならない。

指先から自力で逃れたワームが、船底で大暴れするのをなんとか掌で押さえていると、早々に針を投げ込み終えたジルの手が伸びてきた。

手のひらを広げてみせれば、摘まんでその上に載せられる。

「有難うございます」

「手袋したほうが滑んねぇんじゃねぇの」

「冒険者装備以外の手袋、防寒用しか持ってなくて」

そうだったか、とジルが思い出すように微かに眉を寄せた。

ジルはリゼルの冒険者装備については全て把握しているが、私服まではそうはいかない。出会った当初こそ、上から下までひと通り選んでやったが、今はリゼルの服を選びたがる者が他にいる。

イレヴンとジャッジのツートップだ。

この二人は嬉々としてリゼルを連れまわし、王都ならば中心街に、アスタルニアなら港近くの大通りにと、それこそ格式の高さで商売をしている店ばかりに顔を出す。

それを思えば、種喰いワームを持っても滑らないような手袋などには縁がないだろう。もしリゼルがひと言でも欲しいと言えば、恐らくジャッジは泣くし、イレヴンも確実に嫌がり、なんとしてでも買うのを阻止するはずだ。

だから服に限らず持ち物が偏るんだよな、とジルは自らのポーチを漁った。

「ん」

「有難うございます」

リゼルは、渡された手袋を嵌めてみる。

なにかにつけ、魔物素材を余らせているジルだ。恐らくこれも素材から作ったものだろう。ジルの手に合わせて作ったものだからか、リゼルでは少しだけ指が余る。それでも普通に使う分には支障もないので、リゼルは遠慮なく、ひとまず船底に転がしておいた種喰いワームを摘まんだ。

「あ、摘まみやすいです」

「だろ」

素材だけでも金貨数内、そんな手袋でリゼルは嬉々として種喰いワームを針に刺した。

「釣れるでしょうか」

「魚は見えてんだよな」

「これ、向こうからも丸見えですよね」

「スレてたら苦戦すんぞ」

垂らしっぱなしの針を見ながら、二人はああでもないこうでもないと話す。

確かに釣り人は多い。湖という特性上、餌に警戒心を持つ魚も多いだろう。

だが、リゼルが用意したのは種喰いワーム。ただのミミズならば、他の釣り人も頑張れば用意できるだろう。だが、それとはけた違いの活きのよさを誇る種喰いワームだ。

水中でのアピール力は抜群であり、その通常のミミズよりも僅かに立派な体躯は大物を引き寄せる。

「ジル」

「来たな」

ジルの竿の先端が、大きく下に撓った。

だがジルは、ひょいとそれを持ち上げる。あまりにも軽々と持ち上げるので、大物感が全くなかった。釣りの醍醐味《だいごみ》である魚との攻防なども なかった。一瞬だった。

「なんだよ」

「いえ」

残念に思っていれば、怪訝そうに声をかけられる。

ジルの釣り上げた魚は、サルスでは一般的な食用魚だ。持って帰れば、きっと老婦人が美味しく調理してくれるだろう。

釣った魚は、船の両側に取りつけられている魚籠《びく》に入れておく。

「これで成果ゼロは避けられましたね」

「ああ」

「でも、俺も一匹は釣らないと」

「なんのノルマだよ」

「自分で釣った魚じゃないと、魚拓にできないでしょう?」

「は?」

「宿主さんに贈ろうと思って」

直後、リゼルの竿も撓った。

流石は種喰いワーム。練り餌にはない存在感、魚卵にはない生命力。やはりこれを選んで間違いはなかった、とリゼルは内心で確信を得ながらも竿を握り締めた。

そしてよいしょよいしょと水面まで引き寄せれば、釣り糸を握って持ち上げてくれたジルが魚を一瞥する。そしてひと言。

「毒持ち」

毒があろうが魚拓には関係がないだろう。

リゼルはそう結論づけ、もう少し大きいサイズが釣れないかと、再び釣り糸を垂らすのだった。

そうして完成した魚拓は、宿主の宿の食堂にしっかりと飾られることとなる。

あとがき

無機物に生命力を感じる瞬間は堪りませんね。

いろいろな素材がありますが、私は特に光沢のあるものに惹かれます。金属であったり、鏡であったり、それがただ上下に動くだけではなく、確かな意思を持って襲いかかってくる恐ろしさに生命力を感じて仕方がありません。（ただし人形系は別枠とする）

そんな変なカテゴリを自分の中に持つ岬です。お世話になっております。

今回、リゼルは珍しく後手に回っていましたね。

本気の本気で生まれながらの天才、それが支配者です。そんな相手に大侵攻で読み切れたのは、ひとえに支配者に戦争経験がなかったことが理由だと思います。

魔物の支配は一流、でも戦術は素人に毛が生えた程度。それが支配者でした。

もし彼が、戦術でまで才能を発揮できたのなら。最近はそれを時々考えます。

きっとリゼルは、ジルという戦力を最大に稼働させたことでしょう。そうでないと、マルケイドが押し切られてしまう。どれほど戦わせようと、ジルにとっては願ったり叶ったりで、竜と戦った時のように、ウルトラハイになって前線での勝利をつかみ取ってくれるはずです。

そしてイレヴンは完全に暗躍します。己はリゼルの隣に立ち、精鋭たちを動かして、何人かには死んでこいと告げることでしょう。いや告げずにやることやらせるでしょうか。結果として死ぬ、くらいの精鋭が何人かいそうです。命が軽い精鋭。

一番危ないのはシャドウです。序盤の序盤で死んでいてもおかしくない立場すぎて、どうやって守ればいいのかと頭を抱えてしまいます。大侵攻発生直前くらいからリゼルたちと一緒にいてもらわないと無理かもしれない。狙えるなら指導者から、支配者は容赦なく実行することでしょう。

こうなるとリゼルは何を守るんでしょう…。ジルたちは当然として、大多数を守ることに徹するのか、それとも都市の機能を優先するのか。シャドウの生存によって動き方が変わりそうで、もっとも選択肢が多いのがリゼルなんだなと実感しました。同時に、書きたいリゼルをぶれずに書けているんだな、と安心もしております。

結論として、支配者が戦術方面からっきしでよかったなという話でした。


今巻もたくさんの方のご協力があり、皆さんに書籍をお届けすることができました。

いつも休暇の空気感まで感じさせるイラストを描いてくださるさんど先生。今回本当にお世話になりました編集さん。同じく申し訳ございませんＴＯブックスさん。

そして、本書を手に取ってくださったあなたへ、心からの感謝を

二〇二四年四月　岬

リゼル、奔走!?

サルス周遊のさなか
リゼルの刻苦の理由とは――?

出来損ないと
呼ばれた元英雄は、
実家から追放されたので
好き勝手に生きることにした
THE BANISHED FORMER HERO LIVES AS HE PLEASES
テレ東・BSテレ東・AT-Xにて
TVアニメ絶賛放送中!

［NOVELS］

原作小説

第7巻

2024年
5/20
発売！

［著］紅月シン
［イラスト］ちょこ庵

［COMICS］

※8巻書影

コミックス

第9巻

2024年
6/15
発売！

［原作］紅月シン ［漫画］鳥間ル
［構成］和久ゆみ
［キャラクター原案］ちょこ庵

［TO JUNIOR-BUNKO］

TOジュニア文庫

第3巻

2024年
6/1
発売！

［作］紅月シン ［絵］柚希きひろ
［キャラクター原案］ちょこ庵

［放送情報］

※放送日時は予告なく変更となる場合がございます。

テレ東

毎週月曜 深夜26時00分～

BSテレ東

毎週水曜 深夜24時30分～

AT-X

毎週火曜 21時30分～
（リピート放送　毎週木曜9時30分～／
毎週月曜15時30分～）

U-NEXT・アニメ放題では
最新話が地上波より1週間早くみられる！
ほか各配信サービスでも絶賛配信中！

STAFF

原作：紅月シン『出来損ないと呼ばれた
元英雄は、実家から追放されたので
好き勝手に生きることにした』（TOブックス刊）
原作イラスト：ちょこ庵
漫画：鳥間ル
監督：古賀一臣
シリーズ構成：池田臨太郎
脚本：大草芳樹
キャラクターデザイン・総作画監督：細田沙織
美術監督：渡辺 紳
撮影監督：武原健二　坂井慎太郎
色彩設計：のぼりはるこ
編集：大岩根力斗
音響監督：高桑 一
音響効果：和田俊也（スワラ・プロ）
音響制作：TOブックス
音楽：羽岡 佳
音楽制作：キングレコード
アニメーション制作：
スタジオディーン×マーヴィージャック
オープニング主題歌：蒼井翔太「EVOLVE」
エンディング主題歌：愛美「メリトクラシー」

CAST

アレン：蒼井翔太
リーズ：栗坂南美
アンリエット：鬼頭明里
ノエル：雨宮 天
ミレーヌ：愛美
ベアトリス：潘めぐみ
アキラ：伊瀬茉莉也
クレイグ：子安武人
ブレット：逢坂良太
カーティス：子安光樹

TVアニメ
公式サイトはコチラ！
dekisoko-anime.com

シリーズ累計90万部突破!!（紙+電子）

没落予定の貴族だけど、
暇だったから魔法を極めてみた
I am a noble about to be ruined, but reached the summit of magic because I had a lot of free time.
アニメ化決定!!
「イラスト」かぼちゃ

NOVEL

［イラスト］かぼちゃ

原作小説
❶～❽巻
好評発売中！

シリーズ累計
75万部
突破!!!
（紙＋電子）

COMICS

［漫画］秋咲りお

コミックス
❶～❽巻
好評発売中！

最新話はコチラ！

SPIN-OFF

［漫画］戸瀬大輝

「クリスは
ご主人様が大好き！」
コロナEXにて
好評連載中！

最新話はコチラ！

STAFF

原作：三木なずな『没落予定の貴族だけど、
暇だったから魔法を極めてみた』（TOブックス刊）
原作イラスト：かぼちゃ
漫画：秋咲りお
監督：石倉賢一
シリーズ構成：髙橋龍也
キャラクターデザイン：大塚美登理
音楽：桶狭間ありさ
アニメーション制作：スタジオディーン×マーヴィージャック

詳しくは
アニメ公式
HPへ！

botsurakukizoku-anime.com

（電子書籍含む）
累計190万部突破！
異世界に落とされた…
Dropped into another world
浄化は基本！
原作最新巻
第⑧巻
好評発売中！
イラスト：イシバシヨウスケ
異世界に落とされた…
Dropped into another world
浄化は基本！8
ほのぼのる500
イシバシヨウスケ
コミックス最新巻
第④巻
好評発売中！
漫画：中島鯛
中島鯛
ほのぼのる500
イシバシヨウスケ
4
異世界に落とされた…
浄化は基本！
@comic
ポジティブ青年が
無自覚に伝説の
「もふもふ」と戯れる！
ほのぼの勘違いファンタジー！
お買い求めはコチラ

「白豚貴族」シリーズ

NOVELS

第12巻
2024年
発売!

※第11巻書影　イラスト：keepout

TO JUNIOR-BUNKO

第4巻
2024年
夏発売予定!

※第3巻カバー　イラスト：玖珂つかさ

STAGE

第2弾
DVD好評
発売中!

購入は
コチラ▶

AUDIO BOOK

第2巻
2024年
5月27日
発売!

本がなければ作ればいい――
原作小説
（本編通巻全33巻）
第一部
兵士の娘
（全3巻）
第二部
神殿の巫女見習い
（全4巻）
第三部
領主の養女
（全5巻）
第四部
貴族院の自称図書委員
（全9巻）
第五部
女神の化身
（全12巻）
決定！
ありがとう、本好き！
シリーズ累計
1000万部突破！
（電子書籍を含む）
アニメーション制作：WIT STUDIO
TOジュニア文庫
コミックス
第一部
本がないなら作ればいい！
（漫画：鈴華）
第二部
本のためなら巫女になる！
（漫画：鈴華）
第三部
領地に本を広げよう！
（漫画：波野 涼）
第四部
貴族院の図書館を救いたい！
（漫画：勝木 光）

夢物語では終わらせない
ビブリア・ファンタジー
ふぁんぶっく
1〜8巻
ドラマCD
1〜10
ミニマイングッズ
椎名優描き下ろし
第三部「領主の養女」
アニメ化
本好きの下剋上
司書になるためには
手段を選んでいられません
香月美夜
miya kazuki
イラスト:椎名 優
you shiina
Story
とある女子大生が転生したのは、識字率が低くて本が少ない世界の兵士の娘。いくら読みたくても周りに本なんてあるはずない。本がないならどうする？　作ってしまえばいいじゃない！
兵士の娘、神殿の巫女、領主の養女、王の養女——次第に立場が変わっても彼女の想いは変わらない。
本好きのための、本好きに捧ぐ、ビブリア・ファンタジー！
詳しくは原作公式HPへ
https://www.tobooks.jp/booklove

稳やか貴族の休暇のすすめ。18

2024年5月1日　第1刷発行

著　者　岬

編集協力　株式会社MARCOT

発行者　本田武市

発行所　TOブックス
〒150-0002
東京都渋谷区渋谷三丁目1番1号　PMO渋谷Ⅱ　11階
TEL 0120-933-772(営業フリーダイヤル)
FAX 050-3156-0508

印刷・製本　中央精版印刷株式会社

ISBN978-4-86794-148-5